Verlag der Vampire

Darren Shan im Verlag der Vampire

Darren Shan und der Mitternachtszirkus
Darren Shan und die Freunde der Nacht
Darren Shan und die dunkle Stadt
Darren Shan und der Berg der Vampire
Darren Shan und die Prüfungen der Finsternis
Darren Shan und der Fürst der Vampire

Weitere Bände sind in Vorbereitung

Darren Shan

… und der Fürst der Vampire

Roman

Aus dem Englischen von
Gerald Jung und Katharina Orgaß

Verlag der Vampire

Die englische Originalausgabe erschien 2002 unter dem Titel
THE VAMPIRE PRINCE
bei HarperCollins, London

Besuchen Sie uns im Internet:
www.verlagdervampire.de

ISBN 3-7951-1792-5

Ein Unternehmen der Verlagsgruppe
Droemer Weltbild, München
Gesetzt aus der 11/14 Punkt Stempel Garamond
Printed in Germany 2002

2 4 5 3 1

Für:
Martha und Bill, die einen hungrigen Halbvampir durchfütterten

OBEs (Orden der Blutigen Eingeweide) erhalten diesmal:

Katherine »die Meuchelmörderin« Tyacke
Stella »die Klinge« Paskins

meine herausragenden Herausgeber
Gillie Russell und Zoë Clarke

sowie mein Agent provocateur
Christopher Little

EINLEITUNG

Man muss höllisch aufpassen, wem man vertraut. Sogar ein vermeintlich guter Freund kann sich überraschend als Verräter entpuppen. Auch mir blieb diese bittere Erfahrung nicht erspart.

Ich heiße Darren Shan und bin ein Halbvampir. Ich wurde von einem echten Vampir angezapft, als ich noch ein Kind war. Anschließend zog ich acht Jahre lang mit dem Cirque Du Freak umher, einer Truppe höchst ungewöhnlicher Artisten mit magischen Fähigkeiten. Doch eines Tages fand Larten Crepsley, mein Meister, es sei nunmehr an der Zeit, mich den Vampirfürsten vorzustellen.

Alle zwölf Jahre treffen sich die Vampirfürsten, die Obervampire und so gut wie alle anderen Vampire im entlegenen Berg der Vampire, um dort ihr Konzil, eine Art Ratsversammlung, abzuhalten. Nach einer langen, anstrengenden Wanderung in Begleitung von Mr. Crepsley, Harkat Mulds (einem Kleinen Kerl, der mit Hilfe eines mächtigen Mannes namens Meister Schick von den Toten auferstanden war), Gavner Purl (einem Obervampir) und vier Wölfen (darunter ein

Rüde, dem ich den Namen »Blitz« gegeben, und ein Jungtier, das ich »Rudi« getauft hatte) trat ich den Fürsten gegenüber. Sie verlangten von mir einen Beweis, dass ich würdig sei, in die Gemeinschaft der Untoten aufgenommen zu werden, und trugen mir auf, eine Reihe schwieriger und gefährlicher Aufgaben zu bewältigen: die so genannten Einweihungsprüfungen. Wenn ich fünf davon überstand, würden sie mich in ihren Clan aufnehmen. Versagte ich dagegen, würde ich hingerichtet.

Die ersten drei Prüfungen brachte ich erfolgreich hinter mich, die vierte jedoch endete verhängnisvoll: Beim Kampf mit einem wilden Eber geriet ich in eine aussichtslose Lage, und das Untier hätte mich unweigerlich getötet, wäre nicht Harkat gerade noch rechtzeitig in die Arena gesprungen und hätte dem Vieh den Garaus gemacht. Das Problem war bloß, dass seine Einmischung einen schweren Verstoß gegen die Prüfungsordnung darstellte. Während die Vampire noch über mein Schicksal diskutierten, schlich sich einer von ihnen in meine Schlafkammer und verleitete mich zur Flucht. Es war ein schlanker, blonder, ungewöhnlich friedfertiger und hochintelligenter Obervampir namens Kurda Smahlt, dessen Ernennung zum Fürsten kurz bevorstand. Ich hielt ihn für einen Freund.

Wir entkamen zunächst unbemerkt, aber Gavner

Purl folgte uns und wollte mich dazu bewegen, umzukehren und mich dem Urteil der Fürsten zu stellen. Kurda konnte ihn jedoch überreden, mich laufen zu lassen. Wir hatten den Ausgang schon fast erreicht, als wir auf eine Horde Vampyre stießen – die blutrünstigen Erzfeinde der Vampire, die im Unterschied zu diesen ihre menschlichen Opfer völlig leer saugen und töten, wenn sie sich an ihnen gütlich tun. Dieser Trupp hielt sich tief im Berg in einer Höhle verborgen.
In dem Moment zeigte Kurda dann auch sein wahres Gesicht. Er erstach Gavner, und ich begriff, dass er mit den Vampyren unter einer Decke steckte. Sie wollten mich gefangen nehmen, doch ich konnte entkommen, fiel dabei allerdings in einen unterirdischen Fluss. Kurda wollte mich wieder herausziehen, doch ich wies seine Hilfe zurück und ließ mich von der reißenden Strömung in den finsteren Schlund des Berges tragen, dem sicheren Tod entgegen …

KAPITEL 1

Dunkelheit … Kälte … schäumende Wellen … Donnern wie Löwengebrüll … ich wirble herum wie ein Kreisel … schlage gegen Uferfelsen … die Arme schützend vors Gesicht gepresst … die Beine angezogen, um mich so klein wie möglich zu machen.

Ich kriege ein paar Wurzeln zu fassen … klammere mich fest … sie sind glitschig wie Leichenfinger … zwischen Wasseroberfläche und Tunneldecke ist noch Platz … ich schnappe gierig nach Luft … wieder zerrt die Strömung an mir … ich kämpfe dagegen an … die Wurzeln brechen ab … ich werde fortgerissen.

Ich überschlage mich mehrmals … pralle mit dem Kopf gegen einen Felsen … sehe Sternchen … werde beinahe ohnmächtig … versuche, den Kopf über Wasser zu halten … huste und spucke, doch immer wieder dringt mir Wasser in den Mund … es kommt mir vor, als hätte ich inzwischen den halben Fluss geschluckt.

Wieder schleudert mich die Strömung gegen eine Felswand … scharfkantiges Gestein schneidet mir in Beine und Hüften ... das eiskalte Wasser betäubt den Schmerz ... stoppt die Blutung ... plötzlich falle ich ... stürze in einen Abgrund ... tiefer, immer tiefer ... der Wasserschwall drückt mich unter die Oberfläche ... ich gerate in Panik ... schaffe es nicht, wieder aufzutauchen ... ich ertrinke ... wenn ich nicht bald wieder an die Oberfläche komme, dann ...

Meine Füße berühren festen Grund ... ich stoße mich ab ... steige langsam in die Höhe ... die Strömung ist hier schwächer ... reichlich Platz zwischen Wasseroberfläche und Tunneldecke ... ich lasse mich treiben und atme tief ein und aus ... die kalte Luft sticht in meinen Lungen, doch ich sauge sie dankbar ein.

So wie es sich anhört, ergießt sich der Fluss an dieser Stelle in eine große Höhle. Am gegenüberliegenden Ende tost es wie ein Wasserfall. Aber bevor ich mich dieser Herausforderung stelle, muss ich mich ausruhen und wieder zu Atem kommen. Es ist stockdunkel. Ich trete in der Nähe der Felswand Wasser, als etwas meinen kahlen Kopf berührt. Es fühlt sich an wie Zweige. Erfreut strecke ich die Hand aus, um mich daran festzuhalten, doch es sind gar keine Zweige – es sind Knochen! Zu erschöpft, um Ekel zu empfinden, greife ich danach wie nach einem Rettungsring. Ich versuche immer noch, gleichmäßig zu atmen, und betaste die Knochen prüfend. Ich fühle ein Hand-

gelenk … einen Arm … Körper und Schädel: ein vollständiges Skelett. Früher einmal diente der Fluss dazu, sich verstorbener Vampire zu entledigen. Diese Leiche hier ist offenbar an einem Felsvorsprung hängen geblieben und im Lauf der Zeit bis auf die Knochen verwest. Ich taste suchend umher, doch es scheint das einzige Gerippe zu sein. Wer mag der Tote wohl gewesen sein? Wann hat er gelebt, wie lange sitzt er schon hier fest? Scheußlich, in einer Höhle wie dieser zu enden, ohne ordentliche Bestattung, ohne eine anständige letzte Ruhestätte.
Mit einem kräftigen Ruck ziehe ich an dem Gerippe, um es frei zu bekommen. Plötzlich hallt das Gewölbe von Geflatter und spitzen Schreien wider. Flügel! Dutzende, vielleicht Hunderte Flügelpaare! Etwas prallt gegen mein Gesicht und verhakt sich an meinem linken Ohr. Es kratzt und zwickt. Entsetzt schreie ich auf, zerre es weg und schlage wild um mich.
Ich kann überhaupt nichts sehen, aber ich spüre, wie ein Schwarm fliegender Geschöpfe um mich herumschwirrt. Wieder flattert eins gegen meinen Kopf. Diesmal bekomme ich es zu fassen und betaste es – eine Fledermaus! Die Höhle wimmelt von Fledermäusen. Wahrscheinlich hausen sie unter der Decke. Als ich das Gerippe schüttelte, habe ich sie aufgescheucht.
Ich beruhige mich wieder. Die Fledermäuse wol-

len mir nichts tun. Sie haben bloß Angst bekommen, bestimmt ziehen sie sich bald wieder unter die Höhlendecke zurück. Als ich meiner Gefangenen die Freiheit schenke, gesellt sie sich sofort zu ihren aufgeregten Artgenossen. Nach ein paar Minuten ist der Spuk vorbei, und die Fledermäuse kehren auf ihre Plätze zurück. Stille.
Wie kommen sie wohl in die Höhle hinein und wieder ins Freie? Irgendwo in der Felsendecke muss ein Spalt sein. Einen Moment lang gebe ich mich der tröstlichen Vorstellung hin, die Öffnung zu finden und mich hindurchzuzwängen, aber die Taubheit in meinen Fingern und Zehen setzt diesem Wunschtraum ein jähes Ende. Selbst wenn der Durchschlupf ausreichend breit für mich wäre, in meinem Zustand könnte ich niemals an der steilen Höhlenwand emporklettern.
Meine Gedanken kehren wieder zu dem Gerippe zurück. Es widerstrebt mir, es einfach hier zurückzulassen. Erneut ziehe ich daran, diesmal behutsamer. Zuerst rührt sich nichts: Es ist fest verkeilt. Also packe ich fester zu und zerre noch einmal. Diesmal gibt es nach, fällt mir jedoch als Ganzes auf den Kopf und drückt mich unter Wasser. Jetzt verliere ich die Nerven! Nicht zu fassen, wie schwer so ein Knochenhaufen ist. Ich ertrinke! Ich ertrinke! Ich …
Nein! Ganz ruhig! Denk nach, Darren. Ich schlinge die Arme um das Gerippe und wälze

mich mühsam herum. Es klappt! Jetzt ist das Gerippe unten, und ich liege oben. Die Luft schmeckt köstlich. Mein hämmernder Puls beruhigt sich. Zwar kreisen ein paar Fledermäuse aufgeschreckt um meinen Kopf, doch die meisten sind offenbar sitzen geblieben.

Ich lasse das Knochenbündel los und dirigiere es mit den Füßen in die Mitte des Sees. Die Strömung ergreift es und schwemmt es fort. Ich trete Wasser, halte mich in der Nähe der Wand und warte, bis das Gerippe einen Vorsprung hat. Dabei gerate ich ins Grübeln: War es wirklich eine gute Idee, das Skelett loszumachen? Klar, ich habe es nur gut gemeint, aber wenn es sich nun weiter vorn wieder an einem Felsen verfängt und mir den Weg versperrt?

Zu spät. Das hätte ich mir vorher überlegen müssen.

Meine Lage ist genauso verzweifelt wie zuvor. Zu glauben, ich könnte lebendig hier rauskommen, ist heller Wahnsinn. Aber ich zwinge mich dazu, positiv zu denken: Immerhin habe ich es bis hierher geschafft, und irgendwo muss der Fluss ja ins Freie führen. Wieso sollte ich das letzte Stück nicht auch noch bewältigen? Nur Mut, Darren, nur Mut.

Am liebsten würde ich einfach hier bleiben und mich so lange am Ufer festhalten, bis ich im eisigen Wasser erfriere, doch ich darf jetzt nicht aufgeben. Widerstrebend löse ich die Finger von der Uferböschung und lasse mich in die Mitte der Wasserfläche treiben. Erneut packt mich die Strömung und reißt mich mit atemberaubender Geschwindigkeit mit. Das Tosen wird ohrenbetäubend ... plötzlich geht es steil nach unten ... ich falle ...

KAPITEL 2

Danach wird alles nur noch schlimmer. Verglichen mit dem, was jetzt kommt, war der erste Teil der Unternehmung der reinste Badeausflug. Mir wird ganz übel von den vielen Stromschnellen und Flussbiegungen … zerklüftete, schroffe Felswände … schäumende Gischt … ich bin ein Spielball der Wellen … ihnen wehrlos ausgeliefert … keine Zeit zum Luft holen … gleich platzen meine Lungen … schützend schlinge ich die Arme um den Kopf … ziehe die Beine so eng wie möglich unter mich … muss Sauerstoff sparen … mein Kopf kracht gegen den Felsen … mein Rücken … meine Beine … mein Bauch … Rücken … Kopf … Schultern … Kopf …
Ich gebe es auf, die Zusammenstöße zu zählen … spüre keine Schmerzen mehr … meine Augen spielen mir einen Streich … die Felsdecke über mir scheint durchsichtig zu werden … ich glaube Himmel, Sterne, den Mond zu sehen … das ist der Anfang vom Ende … der Geist verwirrt sich, das Gehirn versagt … es hat keinen Zweck mehr … mit mir ist es aus …

Ich öffne den Mund, will den endgültig letzten Schluck Wasser einatmen … werde wieder gegen die Wand geschleudert … mir bleibt die Luft weg … durch die Wucht des Aufpralls schieße ich empor … lande in einer Luftblase unter der Tunneldecke … atme instinktiv gierig ein.
Einen Moment lang werde ich japsend gegen die Wand gedrückt … dann erfasst mich der Sog erneut und zieht mich in die Tiefe … in einen engen Tunnel … in rasendem Tempo … wie ein Pfeil sause ich durch die Flut … der Tunnel wird immer schmaler … mein Rücken schürft an der Wand entlang … zum Glück ist der Felsen glatt, sonst würde ich zu Brei zermalmt … es ist fast wie auf einer Wasserrutschbahn … beinahe genieße ich diesen Abschnitt des Albtraums, in den ich da geraten bin.
Der Tunnel fällt sanfter ab … der Sauerstoff wird wieder knapp … ich versuche, den Kopf über Wasser zu heben … Luft zu schnappen … schaffe es nicht … habe keine Kraft mehr zu kämpfen.
Wasser läuft mir in die Nase … ich huste … Wasser rinnt mir die Kehle hinunter … ich gebe auf … drehe mich mit dem Gesicht nach unten … das ist das Ende … meine Lungen füllen sich mit Wasser … ich kann den Mund nicht mehr schließen … warte auf den Tod … urplötzlich ist kein Wasser mehr da … ich fliege … (fliege?) … der Wind pfeift mir um die Ohren … unter mir ein Tal …

ein gewundener Fluss … ich schwebe wie ein Vogel oder eine Fledermaus … der Fluss kommt näher und näher … halten mich meine Augen schon wieder zum Narren?
Mitten im Flug drehe ich mich auf den Rücken … über mir ist Himmel … richtiger Himmel … mit funkelnden Sternen übersät … ein prachtvoller Anblick … ich bin draußen! … Endlich draußen! … Ich hab's geschafft! … Ich kriege wieder Luft! Ich lebe noch! Ich …
Der Sturzflug ist zu Ende … hart schlage ich auf dem Wasser auf … ich zerspringe … wieder wird alles dunkel, doch diesmal in meinem Kopf.

KAPITEL 3

Ganz allmählich komme ich wieder zu mir. Zuerst nehme ich die Geräusche wahr: das Brausen des Wassers, viel leiser als im Bergesinneren, fast melodisch. Zögernd öffne ich die Augen. Ich treibe auf dem Rücken und blicke zu den Sternen empor. Habe ich einfach nur Glück gehabt, oder bin ich doch zäher, als ich dachte? Ich weiß es nicht. Es ist mir auch egal. Hauptsache, ich lebe noch!

Hier ist die Strömung deutlich schwächer. Ich könnte ans Ufer paddeln, aus dem Wasser klettern und zum Vampirberg zurückkehren, dessen Umriss ich ganz in der Nähe ausmache. Aber mein Körper spielt nicht mit. Ich will mich zum Schwimmen auf den Bauch drehen. Vergeblich. Meine Arme und Beine fühlen sich wie leblose Holzklötze an. Zwar bin ich aus dem Berg entkommen, doch der Preis war hoch: Nun bin ich so schwach und hilflos wie ein Kleinkind.

Während mich der Fluss immer weiter vom Berg der Vampire wegträgt, betrachte ich meine Umgebung. Die Landschaft ist unwirtlich und keineswegs Aufsehen erregend, aber nach der Reise

durch die Finsternis kommt sie mir wie das Paradies vor. In meiner Verfassung käme mir wohl jede Gegend wie das Paradies vor. Nie wieder wird mir eine Landschaft gleichgültig sein.
Liege ich etwa im Sterben? Schon möglich ... betäubt und entkräftet, dem Fluss auf Gedeih und Verderb ausgeliefert ... Vielleicht bin ich ja längst tot und habe es bloß noch nicht gemerkt. Nein! Ich bin nicht tot. Wasser spritzt mir in die Nase, und ich schnaube: eindeutig ein Beweis, dass ich noch lebe. Nach allem, was ich durchgemacht habe, werde ich doch jetzt nicht aufgeben! Ich muss mich zusammenreißen und ans Ufer schwimmen. Allerdings kann ich mich nicht ewig so treiben lassen: Je länger ich den Versuch hinauszögere, desto anstrengender wird es.
Mit aller Macht konzentriere ich mich auf meine erschöpften Gliedmaßen. Ich rufe mir ins Gedächtnis, wie jung ich noch bin und wie schade es wäre, so früh zu sterben, doch es hilft alles nichts. Ich denke an die Vampire und den Verräter Kurda mit seinen Vampyrverbündeten, aber auch das funktioniert nicht. Erst eine uralte Vampirlegende, die mir plötzlich in den Sinn kommt, rüttelt mich auf: Sie besagt, dass Vampire, die in fließenden Gewässern sterben, keine Ruhe finden und als Geister umgehen müssen. Wer in einem Bach oder Fluss ertrinkt, kommt nicht ins Vampirparadies.

Seltsamerweise (denn eigentlich glaube ich nicht an solche alten Geschichten) reißt mich dieser Gedanke aus meiner Erstarrung. Ich hebe einen bleischweren Arm und vollführe ein paar kraftlose Paddelschläge in Richtung Ufer. Zwar passiert nicht viel, abgesehen davon, dass ich mich ein wenig im Kreis drehe, die Tatsache jedoch, dass ich mich überhaupt bewegen kann, lässt mich neue Hoffnung schöpfen.
Mit zusammengebissenen Zähnen fixiere ich das Ufer und zwinge meine Beine, auf und ab zu schlagen. Sie gehorchen nur zögernd, aber sie gehorchen. Ich versuche es mit Kraulen – vergebens. Schließlich drehe ich mich wieder auf den Rücken, schlage kraftlos mit den Füßen und steuere meinen Kurs mit schwachen Handbewegungen. Ganz langsam nähere ich mich dem Ufer. Es dauert eine kleine Ewigkeit, und ich entferne mich währenddessen immer weiter vom Berg der Vampire, aber schließlich bin ich im flachen Wasser, wo sich die Strömung kaum noch auswirkt.
Ich richte mich auf den Knien auf, sacke jedoch sofort wieder zusammen und lande auf dem Gesicht. Mühsam wende ich den Kopf zur Seite, pruste und spucke und richte mich erneut auf. Dann robbe ich aus dem Wasser und breche auf dem schneebedeckten Ufer zusammen. Mit geschlossenen Augen weine ich leise in den Schnee. Am liebsten möchte ich hier liegen bleiben und

erfrieren: Das wäre so viel einfacher, als weiterzukriechen. Doch meine Füße hängen immer noch im Wasser, und das stört mich, deshalb ziehe ich sie nach. Der Erfolg spornt mich an. Ächzend stütze ich mich auf die Hände, dann komme ich langsam und unter Schmerzen auf die Füße.

Als ich endlich stehe, blicke ich um mich wie ein Raumfahrer auf einem fremden Planeten. Alles sieht so anders aus. Obwohl der Morgen dämmert, leuchten Mond und Sterne unvermindert hell am Himmel. Ich war so lange im Berg der Vampire, dass ich ganz vergessen habe, wie die Welt bei Tag aussieht. Es ist wunderbar. Ich könnte einfach nur stehen bleiben und schauen, aber das würde dazu führen, dass ich nach kurzer Zeit entweder in den Schnee oder in den Fluss fallen und erfrieren würde.

Seufzend gehorche ich meinem Instinkt, mache ein paar schlurfende Schritte, bleibe wieder stehen, schüttle den Kopf, richte mich gerade auf und entferne mich taumelnd vom Fluss, der hinter mir zornig braust und schäumt, voller Wut, dass ihm sein Opfer entkommen ist.

KAPITEL 4

Schon bald wurde mir klar, dass ich in diesem Zustand nicht weit kommen würde. Ich war nass bis auf die Haut. Die triefenden Kleider hingen mir schwer am Leib, und der Wind war bitterkalt. Mr. Crepsley hatte mir seinerzeit eingeschärft, was in solchen Fällen zu tun war: nämlich die nassen Klamotten so schnell wie möglich ausziehen, wenn man sich nicht in einen Eiszapfen verwandeln wollte.

Die Kleider loszuwerden war gar nicht so einfach. Meine Finger waren steif und gefühllos vor Kälte, so dass ich schließlich die Zähne zu Hilfe nehmen musste. Nackt fühlte ich mich tatsächlich besser. Ich war buchstäblich von einer schweren Last befreit, und obwohl der Frost unbarmherzig durch meine ungeschützte Haut kroch, legte ich ein zügiges Tempo vor. Es machte mir nichts aus, unbekleidet wie ein Wilder herumzulaufen. Es war ja niemand da, der mich sehen konnte. Und wenn schon: Ich war dem Tod mit knapper Not entronnen und hatte wahrhaftig andere Probleme als übertriebenes Schamgefühl.

Allerdings konnte ich mein Tempo nicht lange durchhalten. Erst nach einer Weile dämmerte mir, wie ernst meine Lage tatsächlich war. Ich befand mich mitten in der Wildnis, ohne wärmende Kleidung, ohne etwas zu essen, am ganzen Leib zerschunden, körperlich und seelisch total erschöpft. Ich schaffte es kaum noch, einen Fuß vor den anderen zu setzen. Es konnte nicht mehr lange dauern, bis meine letzten Kraftreserven verbraucht waren und ich zusammenklappte. Dann war ich der Kälte wehrlos ausgeliefert, und erste Erfrierungen und eine Unterkühlung würden meinem Leben ein rasches Ende bereiten.
Ich strengte mich an, schneller zu laufen, doch es war zwecklos. Die Beine versagten mir den Dienst. Alles, was über ein mühsames Schlurfen hinausging, war zu viel für sie. Ein Wunder, dass sie mich überhaupt noch trugen.
Schließlich blieb ich stehen und drehte mich auf der Suche nach irgendeinem Orientierungspunkt einmal um die eigene Achse. Vielleicht war ja zufällig eine der so genannten »Zwischenstationen« in der Nähe; das waren Rastplätze, an denen sich die Vampire bei der An- und Abreise zum Konzil ausruhten. Dort hätte ich mich verkriechen, ein oder zwei Tage schlafen und wieder neue Kräfte sammeln können. Kein schlechter Plan, doch er hatte einen entscheidenden Fehler: Ich hatte keinen blassen Schimmer, wo ich mich befand und

ob sich überhaupt irgendwo in dieser Eiswüste eine Zwischenstation verbarg.
Es gab mehrere Möglichkeiten. Einfach stehen bleiben brachte überhaupt nichts. Gezielt nach einer Zwischenstation suchen kam ebenfalls nicht in Frage: Das dauerte in meinem geschwächten Zustand viel zu lange. Erst einmal ging es darum, einen Unterschlupf zu finden, wo ich wieder zu Kräften kommen konnte. Nahrung, Wärme und die Rückkehr zum Berg der Vampire waren zweitrangig – falls ich überhaupt am Leben blieb.
Zu meiner Linken, etwa einen Kilometer entfernt, erstreckte sich ein Waldgebiet. Das war mein Ziel, denn dort konnte ich mich unter einem Baum zusammenrollen und mit Zweigen zudecken. Vielleicht fand ich sogar ein paar Insekten oder andere essbare Kleintiere. Das war zwar alles nicht gerade ideal, aber immer noch besser, als in der Kälte herumzustehen oder auf der Suche nach irgendwelchen Höhlen über vereiste Felsen zu klettern.
Auf dem Weg zum Wald fiel ich andauernd hin, was nicht weiter überraschend war. Ich staunte eher, dass ich überhaupt so weit gekommen war. Jedes Mal blieb ich ein paar Minuten liegen und verschnaufte, rappelte mich dann auf und stolperte weiter.
Inzwischen hatte der Wald für mich eine geradezu magische Bedeutung angenommen. Wenn ich es

bis zu den ersten Bäumen schaffte, würde alles in Ordnung kommen, davon war ich fest überzeugt. Im Grunde meines Herzens wusste ich zwar, dass das Unsinn war, doch diese Fantasievorstellung hielt mich in Gang. Ohne sie hätte ich aufgegeben.

Etwa hundert Meter oder noch weniger vor den ersten Bäumen brach ich endgültig zusammen. Keuchend lag ich im Schnee, am Ende meiner Kräfte. Zwar versuchte ich nach ein paar Minuten tapfer aufzustehen, doch ohne Erfolg. Ich schaffte es gerade noch, mich auf den Knien aufzurichten, dann ging gar nichts mehr. Nach einer langen Pause unternahm ich einen zweiten Versuch. Erneut fiel ich hin, diesmal vornüber mit dem Gesicht in den Schnee. So blieb ich zitternd liegen, unfähig, mich umzudrehen.

Es war unerträglich kalt. Ein Mensch an meiner Stelle wäre längst erfroren. Doch auch eine zähe Vampirnatur hat ihre Grenzen, und die meinen hatte ich eindeutig erreicht.

Ich war am Ende.

Selbstmitleid überwältigte mich, und ich schluchzte bitterlich. Die Tränen gefroren auf meinen Wangen sofort zu Eis. Schneeflocken landeten auf meinen Wimpern. Ich wollte die Hand heben, um sie wegzuwischen, doch selbst diese kleine Bewegung war zu viel. »Was für ein erbärmlicher Tod«, wimmerte ich leise. Nur noch hundert Meter trennten mich von den rettenden Bäumen. Ich war schon fast am Ziel. Vielleicht hätte ich mich in der unterirdischen Höhle länger ausruhen sollen, dann hätte ich jetzt noch Reserven. Oder ich hätte …

Ein lautes Kläffen ließ mich aufschrecken. Ohne es zu merken, waren mir die Augen zugefallen, und ich war in den Schlaf, besser gesagt in den Tod hinübergeglitten. Jetzt riss ich sie weit auf. Ich konnte den Kopf nicht bewegen, und durch das Schneetreiben sah ich alles nur verschwommen, doch mein Blick war direkt auf den Wald gerichtet, wo ich eine vierbeinige Gestalt unbeholfen auf mich zurennen sah. Na, großartig, dachte ich sarkastisch. Als wäre ich nicht schon übel genug dran! Jetzt erwischte mich auch noch ein wildes Tier und fraß mich auf, bevor ich sanft wegdämmerte. Musste es denn immer noch schlimmer kommen? Nach meinen jüngsten Erlebnissen zu urteilen anscheinend schon!

Die Gestalt hatte mich fast erreicht. Ich schloss erneut die Augen und hoffte, dass ich zu betäubt war, um die scharfen Klauen und Zähne zu spüren. Mich zu wehren, zog ich gar nicht erst in Betracht. Sogar ein Eichhörnchen wäre mir in diesem Zustand überlegen gewesen.

Heißer Atem streifte mein Gesicht. Eine lange Zunge schleckte mir quer über die Nase. Ich zitterte. Die Zunge fuhr mir über Wangen und

Ohren. Dann leckte sie die Schneeflocken von meinen Wimpern.
Ich blinzelte verblüfft. Was sollte das denn? Wollte mich die Bestie etwa erst einer Grundreinigung unterziehen, bevor sie mich verspeiste? Unwahrscheinlich. Was dann? Während ich mich noch bemühte, klar und deutlich zu sehen, wich das Tier ein Stück zurück und nahm langsam Form an. Mir fiel die Kinnlade herunter. Meine Lippen bebten. Mit gequälter, zitternder Stimme murmelte ich ungläubig: »Rudi?«

KAPITEL 5

Rudi war das Wolfsjunge, das Mr. Crepsley, Harkat, Gavner und mir auf der Anreise zum Berg der Vampire ein Stück weit gefolgt war. Es gehörte zu einem kleinen Rudel, das außer ihm noch aus zwei Weibchen und einem großen Rüden bestand, den ich »Blitz« genannt hatte. Kurz vor dem Vampirberg hatten sie uns verlassen, um sich mit anderen Wolfsrudeln zu treffen.

Aufgeregt bellend sprang Rudi um mich herum. Seit ich ihn zuletzt gesehen hatte, war er ganz schön gewachsen: Seine Fangzähne waren länger und sein Pelz dichter als damals. Ich schaffte es, den Kopf zu heben und ihn flüchtig anzulächeln.

»Ich bin in Schwierigkeiten, Rudi«, brachte ich heraus, als er mir die Hände leckte. Der junge Wolf spitzte die Ohren und blickte mich aufmerksam an, als verstünde er jedes Wort. »In großen Schwierigkeiten«, wiederholte ich mühsam, dann brach ich wieder zusammen.

Rudi rieb seine feuchte, warme Nase an meiner linken Wange. Noch einmal fuhr er mir mit der Zunge über Augen und Ohren, dann schmiegte er sich eng an mich, um mich zu wärmen. Als er merkte, wie schlecht es um mich stand, trat er ein Stück zurück und heulte. Im nächsten Augenblick erschien ein zweiter Wolf zwischen den Bäumen, größer, geschmeidiger, aber mir ebenso vertraut wie Rudi.

»Blitz«, flüsterte ich, als sich der Rüde zögernd näherte. Beim Klang meiner Stimme stellte er die Ohren auf und machte einen Satz auf mich zu. Rudi jaulte unbeirrt weiter, bis Blitz schließlich gereizt nach ihm schnappte. Der ausgewachsene Wolf beschnüffelte mich erst von Kopf bis Fuß, dann bellte er Rudi auffordernd an. Die beiden Tiere streckten sich so dicht neben mir aus, Blitz hinten, Rudi vorn, dass mich ihr zottiges Fell fast vollständig bedeckte.

Bald durchströmte mich wohltuende Wärme. Ich ballte und streckte Finger und Zehen, bis sie wieder halbwegs beweglich waren. Dann rollte ich mich zu einer Kugel zusammen, damit sich die Wölfe noch enger an mich schmiegen konnten, und vergrub mein Gesicht zwischen Rudis pelzigen Schulterblättern. So lagen wir lange Zeit einfach da, nur die Wölfe veränderten ab und zu ihre Stellung, um sich warm zu halten. Schließlich erhob sich Blitz und bellte.

Ich versuchte aufzustehen. Fiel hin. Schüttelte stöhnend den Kopf. »Es hat keinen Sinn. Ich kann nicht mehr.« Der ausgewachsene Wolf betrachtete mich prüfend, dann schnellte sein Kopf unvermittelt vor, und er biss mich in den Hintern! Ich jaulte auf und rollte mich instinktiv außer Reichweite. Blitz kam hinterher, und ich rappelte mich unbeholfen auf. »Hau ab, du verflixter …«, setzte ich ärgerlich an, unterbrach mich jedoch, als ich seinen Gesichtsausdruck sah.

Erst blickte ich an mir herunter, dann sah ich wieder Blitz an und grinste einfältig. »Ich … stehe ja«, flüsterte ich ungläubig. Das Tier heulte leise, zwickte mich sanft in die linke Wade und deutete mit der Schnauze in Richtung Wald. Ich nickte und setzte mich gehorsam in Bewegung; die beiden Wölfe trabten neben mir her.

Das Gehen fiel mir schwer. Ich war durchgefroren und geschwächt und fiel so oft hin, dass ich nicht mehr mitzählen konnte. Doch Blitz und Rudi sorgten dafür, dass ich nicht schlappmachte. Wenn ich nicht gleich wieder aufstand, drängten sie sich an mich, bliesen mich mit ihrem warmen Atem an oder schnappten so lange nach mir, bis ich wieder auf die Füße kam. Einmal durfte ich mich sogar an Blitz' langem, dickem Nackenfell festhalten, und er schleifte mich ein Stück mit.

Ich wurde nicht ganz schlau daraus, warum sie sich so viel Mühe mit mir gaben. Normalerweise lassen wilde Tiere ihre verletzten Artgenossen im Stich, wenn diese nicht mehr mit dem Rudel Schritt halten können. Womöglich wollten die

Wölfe es sich nicht mit den Vampiren verscherzen, die auf ihrer Reise zum Konzil immer jede Menge Abfälle für sie liegen ließen. Vielleicht spürten sie aber auch, dass ich noch immer verborgene Reserven hatte und kein ganz hoffnungsloser Fall war.

Nach langem, beschwerlichem Marsch erreichten wir eine Lichtung, auf der sich ein großes Wolfsrudel versammelt hatte. Etwa zwanzig oder dreißig dieser zottigen Räuber lagerten im Schnee, fraßen, spielten oder widmeten sich der Fellpflege. Die Tiere waren von ganz unterschiedlicher Färbung und Statur und schienen aus verschiedenen Sippen zu stammen. Sie musterten mich ausgesprochen misstrauisch. Einer von ihnen, ein massiger Rüde mit dunklem Fell, trottete zu mir herüber, beschnüffelte mich und knurrte mich mit gesträubtem Nackenfell an. Blitz nahm die Herausforderung sofort an und knurrte zurück. So standen sich die beiden Rüden einen Augenblick lang gegenüber, bis uns der schlecht gelaunte fremde Wolf schließlich den Rücken zuwandte und sich davonmachte.

Rudi rannte ihm kläffend nach, doch Blitz bellte ärgerlich, und der Kleine machte mit eingekniffenem Schwanz kehrt. Ich stierte derweil vor Erschöpfung nur benommen in die Runde. Da dirigierte mich Blitz mit sanften Püffen zu einer Wölfin hin, die drei Junge säugte. Als wir näher kamen, legte sie beschützend die Pfote über die Welpen und knurrte, aber Blitz winselte und ließ sich auf den Bauch fallen, um ihr zu zeigen, dass wir keine feindlichen Absichten hegten.

Sobald sich die Wölfin wieder beruhigt hatte, stand mein Retter auf und heftete den Blick fest auf sie. Die Alte gab ein dumpfes Grollen von sich. Blitz entblößte die Fänge und antwortete, scharrte vor ihr im Schnee und blickte sie unverwandt an. Diesmal senkte sie stumm den Kopf. Blitz stieß mich mit der Schnauze sanft in die Waden, und ich plumpste auf den Boden. Er drängte mich weiter, und ich kapierte endlich, was er von mir wollte. Mir drehte sich der Magen um.

»Nein!«, weigerte ich mich entsetzt. »Ich kann nicht!«

Blitz knurrte und schubste mich unnachgiebig weiter. Ich war zu schwach, um Widerstand zu leisten. Außerdem hatte er ja Recht: Ich war zwar durchgefroren und ausgehungert, aber zu entkräftet, um etwas Richtiges zu essen. Ich brauchte etwas Warmes, Nahrhaftes, das man nicht kauen musste.

Deshalb gehorchte ich schließlich, robbte langsam auf die kleine Familie zu und schob die drei Welpen behutsam zur Seite. Erst kläfften sie empört, doch dann scharten sie sich um mich, beschnüffelten mich von oben bis unten und akzeptierten mich zu guter Letzt als einen der Ihren.

Als mein Gesicht dicht vor dem Bauch der Wölfin war, holte ich tief Luft, schloss nach kurzem Zögern die Lippen um eine prall gefüllte Zitze und trank.

KAPITEL 6

Von diesem Moment an behandelte mich die Wölfin wie eins ihrer eigenen Jungen, passte auf, dass ich genug Milch abbekam, deckte mich mit den Pfoten zu, um mich zu wärmen, leckte mich hinter den Ohren und quer übers Gesicht, um mich zu säubern (wenn ich ein dringendes Bedürfnis verspürte, kroch ich ins Gebüsch!). Auf diese Weise vergingen mehrere Tage, in denen ich ganz allmählich wieder zu Kräften kam, indem ich mich an sie und meine »Geschwister« kuschelte, um nicht zu frieren, und mich von ihrer warmen Milch ernährte. Es schmeckte zwar nicht gerade berauschend, aber ich konnte es mir nicht leisten, allzu wählerisch zu sein.

Eine unangenehme Begleiterscheinung meiner Genesung war allerdings, dass ich Tag für Tag mehr von Schmerzen gepeinigt wurde. Mein ganzer Körper war mit Prellungen und Schürfwunden übersät. Die tieferen Wunden bluteten kaum, da die Kälte das Blut stocken ließ, brannten aber so höllisch, dass ich mir Sebas heilende Spinnennetze herbeiwünschte.

Je öfter ich über mein Abenteuer in dem unterirdischen Fluss nachdachte, desto unwahrscheinlicher kam mir alles vor. Hatte ich das wirklich erlebt, oder war es nur ein wahnwitziger Alptraum? Ohne die Schmerzen hätte ich Letzteres angenommen, aber im Traum tut man sich für gewöhnlich nicht weh, also musste es wohl Wirklichkeit gewesen sein.

Noch unglaublicher war allerdings, dass ich mir dabei keine schlimmeren Knochenbrüche zugezogen hatte. Zwar waren drei Finger meiner linken Hand gebrochen, der rechte Daumen stand merkwürdig verdreht ab, und mein linker Knöchel war so geschwollen, dass er wie ein roter Luftballon aussah, aber abgesehen davon schien alles in Ordnung zu sein. Ich konnte Arme und Beine ohne Schwierigkeiten bewegen; mein Schädel war noch heil; das Rückgrat unverletzt. Im Großen und Ganzen war ich in erstaunlich guter Verfassung.

Schon nach ein paar Tagen fing ich vorsichtig zu trainieren an. Ich schlief und trank zwar noch bei meiner Wolfsmutter, unternahm jedoch humpelnd kurze Spaziergänge rund um die Lichtung. Dabei schmerzte mein linker Knöchel zuerst scheußlich, nach und nach ging die Schwellung jedoch zurück, und irgendwann sah der Fuß wieder normal aus.

Sobald ich kräftiger geworden war, brachte mir

Blitz zusätzlich Fleisch und wild wachsende Beeren. Zuerst bekam ich nicht viel feste Nahrung herunter, dafür saugte ich das Blut aus den kleinen Beutetieren, die er anschleppte, und entwickelte wieder einen gesunden Appetit.
Rudi leistete mir oft Gesellschaft. Mein kahler Kopf schien ihn zu faszinieren (ich hatte mir die Haare abrasieren lassen, nachdem sie bei einer der Einweihungsprüfungen im Berg der Vampire Feuer gefangen hatten), er konnte gar nicht genug davon kriegen, ihn abzulecken und Kinn und Nase daran zu reiben.
Ungefähr nach vier Tagen (wahrscheinlich waren es eher fünf oder sechs – ich hatte inzwischen jegliches Zeitgefühl verloren) suchten sich die Wölfe einen neuen Lagerplatz. Bis dorthin war es ziemlich weit, mindestens sieben oder acht Kilometer, und das Rudel hatte mich schon bald abgehängt, doch Blitz, Rudi und die Wölfin, die mich gesäugt hatte, passten auf, dass ich hinterherkam. (Die Wölfin schien mich mittlerweile als ihr eigenes Kind zu betrachten und kümmerte sich genauso fürsorglich um mich wie um ihre Welpen.)
Der Marsch war zwar anstrengend, tat mir aber offenbar gut, denn als ich in der folgenden Nacht nach langem, traumlosem Schlaf erwachte, fühlte ich mich fast so fit wie vor meinem Sturz in den Fluss. Die schlimmsten Prellungen waren verheilt, die Schnittwunden verschorft, mein

Knöchel machte mir kaum noch Probleme, und richtig essen konnte ich auch wieder.
In dieser Nacht ging ich zum ersten Mal mit dem Rudel auf die Jagd. Ich konnte zwar noch nicht besonders schnell rennen, blieb aber auch nicht zurück und beteiligte mich sogar daran, ein älteres Rentier zu hetzen und schließlich zur Strecke zu bringen. Den Wölfen zu helfen, nachdem sie so viel für mich getan hatten, war ein gutes Gefühl, und ich trat meinen Anteil an der Beute fast vollständig an meine Ziehmutter und ihre Jungen ab.
Am nächsten Tag kam es zu einer unerfreulichen Szene. Der große Rüde mit dem dunklen Fell, der schon ganz zu Anfang dagegen gewesen war, dass mich Blitz in das Rudel einführte, hatte mich nie richtig akzeptiert. Jedes Mal, wenn ich nur in seine Nähe kam, knurrte und bellte er mich an und riss mir oft das Essen aus der Hand. Nach Möglichkeit ging ich ihm aus dem Weg, aber als er mich an jenem Tag mit den Welpen herumbalgen und ihnen Fleischbrocken zuwerfen sah, schnappte er nach mir. Dann stürzte er sich unter rasendem Gebell auf mich und wollte mich verjagen. Ohne mir meine Furcht anmerken zu lassen, ging ich langsam rückwärts, ließ mich jedoch nicht vom Lagerplatz verdrängen; hätte ich das auch nur ein einziges Mal zugelassen, hätte ich von da an keine ruhige Minute mehr gehabt. Ich ging immer um den Platz herum, in der Hoff-

nung, er würde irgendwann das Interesse an mir verlieren, doch er folgte mir unbeirrt mit wütendem Knurren.

Gerade als ich mich innerlich schon auf einen Kampf einstellte, sprang Blitz zwischen uns und stellte sich schützend vor mich. Dabei sträubte er das Nackenfell, um größer zu wirken, und grollte tief und kehlig. Erst sah es so aus, als ließe sich der andere davon beeindrucken, doch dann senkte er den Kopf, entblößte seine scharfen Fänge und sprang Blitz mit gespreizten Klauen an.

Das ließ sich mein Retter nicht gefallen, und die beiden Rüden kugelten beißend und kratzend über den Boden. Die Rudelmitglieder in ihrer unmittelbaren Nähe machten ihnen eilig Platz. Ein paar Jungtiere kläfften aufgeregt, doch die meisten älteren Tiere ignorierten den Tumult oder blickten nur ab und zu mit flüchtigem Interesse zu den beiden Rivalen hinüber. Rangkämpfe wie dieser waren für sie nichts Besonderes.

Für mich sah es dagegen aus, als wollten sich die Tiere gegenseitig in Stücke reißen. Zuerst rannte ich besorgt um sie herum und hoffte auf eine Gelegenheit, sie auseinander bringen zu können. Bald merkte ich jedoch, dass sie einander trotz des wilden Bellens, Schnappens und Kratzens keinen ernsthaften Schaden zufügten. Blitz' Schnauze war ein wenig zerschrammt, und der Dunkle blutete aus mehreren Bisswunden, aber sie wollten den Gegner offenbar nicht richtig verletzen. Es war eher eine Art Schaukampf.

Je länger er dauerte, desto offensichtlicher wurde es, dass Blitz dem anderen Rüden überlegen war. Er war zwar nicht so kräftig gebaut wie dieser, dafür aber wendiger, und für jeden Pfotenhieb auf den Kopf, den er einstecken musste, teilte er zwei oder drei aus.

Urplötzlich gab der Dunkle klein bei, ließ sich in den Schnee fallen, wälzte sich herum und entblößte unterwürfig Kehle und Bauch. Blitz riss das Maul auf und schloss die Fänge um die Kehle des Wehrlosen, ließ ihn sodann behutsam wieder los und trat zurück. Der Besiegte rappelte sich auf und schlich mit eingekniffenem Schwanz davon.

Ich dachte, das Rudel würde ihn nach dieser Niederlage vielleicht verstoßen, aber dem war nicht so. Der Dunkle schlief zwar in dieser Nacht ein wenig abseits, doch niemand machte Anstalten, ihn zu verjagen, und als die Tiere das nächste Mal zur Jagd aufbrachen, nahm er seinen gewohnten Platz in der Meute ein.

In den nächsten Tagen dachte ich oft über diesen Vorfall nach. Ich verglich die Art und Weise, wie die Wölfe mit Verlierern umgingen, mit den unbarmherzigen Gesetzen der Vampire. Für einen Vampir war jede Niederlage eine unauslöschliche Schande, die häufig den Tod des Besiegten zur Folge hatte. Die Wölfe waren da feinfühliger.

Auch sie kannten so etwas wie Ehre, dennoch würden sie niemals einen Artgenossen töten oder aus dem Rudel ausschließen, bloß weil er im Kampf unterlegen war. Ihre Jungtiere mussten ähnliche Reifeprüfungen bestehen wie ich seinerzeit bei den Vampiren, aber wenn eines versagte, wurde es deswegen nicht gleich totgebissen.
Natürlich war ich kein Experte auf diesem Gebiet, doch mir schien, dass die Vampire einiges von den Wölfen lernen könnten, wenn sie sich nur die Zeit nähmen, ihre vierbeinigen Verwandten eingehend zu beobachten. Es war durchaus möglich, Ehrgefühl und praktische Erwägungen miteinander zu verbinden. Da hatte der Verräter Kurda ausnahmsweise Recht.

KAPITEL 7

So verging die Zeit. Ich war so froh, noch am Leben zu sein, dass ich jede einzelne Minute genoss. Körperlich hatte ich mich fast völlig erholt, bis auf ein paar blaue Flecken hier und dort war nichts mehr zu sehen. Ich fühlte mich wieder kräftig und fit wie ein Turnschuh (eine Redensart von meinem Papa, von der ich nie herausgefunden habe, was sie eigentlich bedeuten sollte).

Die Kälte machte mir kaum noch etwas aus. Ich hatte mich an den eisigen Wind und den schneidenden Frost gewöhnt. Eine besonders heftige Bö ließ mich zwar noch bibbern, aber die meiste Zeit kam es mir ganz selbstverständlich vor, nackt zwischen den Wölfen herumzulaufen.

Seit meiner Genesung hatten mich die struppigen Raubtiere als ebenbürtiges Mitglied akzeptiert, und ich ging jede Nacht mit ihnen auf die Jagd (ich lief sogar wieder schneller als sie, und meine Mithilfe war ausgesprochen erwünscht). Inzwischen war ich auch in der Lage, ihr Verhalten und ihre Verständigung untereinander ganz gut zu deuten. Zwar konnte ich nicht Gedanken lesen, aber

meistens begriff ich auf Anhieb, was in ihnen vorging. Die Art, wie sie die Schultern hochzogen, die Augen aufrissen oder zu Schlitzen verengten, Ohren und Schwanz aufstellten oder hängen ließen, knurrten, bellten oder winselten, verriet mir genug. Wollte Blitz oder ein anderer Wolf mich bei der Jagd nach rechts oder links schicken, brauchte er mich nur anzusehen und den Kopf in die betreffende Richtung zu drehen. Wollte dagegen eine Wölfin, dass ich mit ihren Jungen spielte, gab sie ein besonderes leises Winseln von sich, und ich wusste, dass sie mich rief.
Im Gegenzug schienen auch die Wölfe alles zu verstehen, was ich sagte. Ich hatte zwar wenig Anlass zum Reden, aber wenn ich mich gelegentlich äußerte, legten die Tiere den Kopf schief, lauschten gespannt und antworteten mit kurzem Kläffen oder einer entsprechenden Bewegung.
Wie bei Wölfen üblich, wechselten wir oft den Standort. Stets hielt ich Ausschau nach dem Berg der Vampire, konnte ihn jedoch nirgends entdecken. Das verwirrte mich: Die Wölfe kamen doch extra in der Nähe des Berges zusammen, weil sie scharf auf die Leckerbissen von den Vampiren waren. Schließlich beschloss ich, Blitz danach zu fragen, obwohl ich nicht annahm, dass er mich verstehen, geschweige denn mir antworten würde. Doch kaum hatte ich die Worte »Berg der Vampire« ausgesprochen, fing er zu meiner Über-

raschung mit aufgestelltem Nackenfell zu knurren an.
»Du willst nicht dorthin?«, fragte ich erstaunt. »Wieso nicht?« Aber als Antwort knurrte er nur noch lauter. Die einzige Erklärung war, dass sich Blitz' ablehnendes Verhalten auf die Vampyre bezog. Entweder hatten die Wölfe die blutrünstigen Eindringlinge bemerkt, oder sie spürten, dass etwas in der Luft lag, und machten instinktiv einen großen Bogen um den Berg.
Zwar fühlte ich mich immer noch verpflichtet, wegen der Vampyre etwas zu unternehmen, doch der Gedanke, in den Berg zurückzukehren, machte mir Angst. Ich fürchtete, die Vampire würden mich töten, ehe ich sie vor den Angreifern warnen konnte. Vielleicht hielten sie mich auch für einen Lügner und glaubten Kurda mehr als mir. Trotzdem musste ich irgendwann dorthin zurück, aber ich zögerte diesen Tag so lange wie möglich heraus, indem ich mir einredete, ich müsse mich noch erholen und sei noch nicht kräftig genug für den Rückweg.
Meine drei gebrochenen Finger waren inzwischen wieder verheilt. Ich hatte die Knochen so gut es ging gerichtet (eine verdammt schmerzhafte Angelegenheit!) und mit Blättern und langen Gräsern aneinander gebunden. Mein rechter Daumen war zwar immer noch schief und schmerzte bei jeder Bewegung, aber das störte mich nicht weiter.

Wenn ich gerade nicht auf der Jagd war oder mich mit den Wolfsjungen beschäftigte, kam mir oft Gavner in den Sinn. Zwar hatte ich jedes Mal, wenn mir sein Tod wieder vor Augen stand, ein komisches Gefühl im Bauch, dennoch musste ich immer wieder an ihn denken. Einen guten Freund zu verlieren ist schrecklich und tragisch, vor allem wenn sein Tod ganz plötzlich und ohne jede Vorwarnung eintritt.

Besonders fertig machte mich bei dem Gedanken an Gavner jedoch, dass sein Tod hätte vermieden werden können. Wäre ich nicht vor meiner Verurteilung geflohen, hätte ich Kurda nicht blind vertraut oder wäre statt seiner dageblieben, um Seite an Seite mit Gavner gegen die Vampyre zu kämpfen, könnte mein Freund noch am Leben sein. Es war einfach ungerecht. Einen solchen Tod hatte er nicht verdient. Er war ein tapferer, ehrlicher, freundlicher Vampir gewesen, den alle gemocht hatten.

Manchmal wallte bei dieser Vorstellung auch Hass in mir auf, und ich wünschte, ich hätte damals das Messer des Toten ergriffen und es Kurda zwischen die Rippen gestoßen, auch wenn das wiederum bedeutet hätte, dass sich die Vampyre anschließend auf mich gestürzt hätten. Bei anderen Gelegenheiten überwältigte mich der Kummer. Dann vergrub ich das Gesicht in den Händen und weinte, weil ich immer noch nicht fassen konnte, dass Kurda zu einer derart abscheulichen Tat fähig gewesen war.

Die Wölfe konnten mit meinem Verhalten nichts anfangen. Sie trauerten nicht lange um ihre Toten. Wenn sie einen Gefährten oder ein Junges verloren, heulten sie zwar eine Zeit lang erbärmlich, nahmen aber ihr normales Leben bald wieder auf. Meine Stimmungsschwankungen waren ihnen fremd.

Um mich aufzuheitern, nahm mich Blitz eines späten Abends mit auf die Jagd. Für gewöhnlich jagten wir nur im Rudel, doch die anderen Wölfe ließen sich bereits zum Schlafen nieder.

Es war eine angenehme Abwechslung, nur zu zweit unterwegs zu sein. Ein Nachteil an der Jagd im Rudel ist, dass man dauernd auf die anderen achten muss. Eine falsche Bewegung kann die ganze Jagd verpatzen, und hinterher lassen alle ihren Ärger an einem aus. Jetzt dagegen konnten Blitz und ich müßig dahintraben und so viele Umwege machen, wie es uns beliebte. Es war egal, ob wir etwas erbeuteten oder nicht. Wir wollten einfach nur ein bisschen Spaß haben.

Zufällig spürten wir ein Paar junge, ausgelassene Rentiere auf. Wir legten es nicht darauf an, sie zu töten; wir rannten aus purer Freude an der Bewegung hinter ihnen her. Ich glaube, sie merkten, dass wir es nicht wirklich auf sie abgesehen hatten, denn sie machten ab und zu kehrt und liefen ein

Stück auf uns zu, um dann wieder mit zurückgeworfenen Köpfen zu fliehen. Auf diese Weise hatten wir uns etwa eine Viertelstunde lang amüsiert, als die beiden Paarhufer auf einer kleinen Anhöhe Halt machten und witternd die Nasen in den Wind reckten. Ich wollte ihnen schon nachsetzen, da brachte mich Blitz mit einem scharfen Knurren zum Stehen.

Ich gehorchte und fragte mich, was den Wolf wohl irritierte. Blitz und die Rentiere standen regungslos da. Schließlich kehrten die beiden Gejagten um und rasten auf uns zu. Mein Retter dirigierte mich mit der Schnauze an meiner Wade hinter ein Gebüsch. Ich vertraute auf seinen untrüglichen Instinkt und beeilte mich. Hinter einem dichten Strauch, der uns trotzdem einen guten Ausblick auf die Anhöhe gestattete, legten wir uns nebeneinander und warteten ab.

Eine Minute verstrich. Zwei. Dann erschien eine Gestalt auf der Hügelkuppe. Meine Augen waren so scharf wie immer, und so erkannte ich den Vampir trotz der Entfernung sofort. Es war Mr. Crepsley!

Hocherfreut wollte ich aufspringen und hatte schon den Mund zu einem Begrüßungsschrei geöffnet, als mich Blitz' dumpfes Grollen unterbrach. Er ließ den Schwanz hängen, wie immer, wenn er Angst hatte. Ich wollte nichts lieber, als zu meinem alten Freund und Meister laufen und ihn umarmen, wusste jedoch, dass sich der Wolf nicht ohne Grund so aufführte.

Deshalb legte ich mich wieder neben meinen treuen Gefährten auf den Bauch, den Blick auf den Hügel geheftet. Die Erklärung für Blitz' Verhalten ließ nicht lange auf sich warten: Hinter Mr. Crepsley tauchten fünf weitere Vampire auf, und der vorderste, in dessen Hand ein geschliffenes Schwert blitzte, war der zukünftige Fürst und Verräter – Kurda Smahlt!

KAPITEL 8

Hinter dem Busch flach auf den Boden gepresst, entgegen der Windrichtung, damit sie mich nicht riechen konnten, wartete ich, bis die Vampire an uns vorbeigezogen waren. Kaum waren sie außer Hörweite, wandte ich mich Blitz zu. »Wir müssen hinterher«, raunte ich. Der Wolf sah mich einen Moment lang aus großen, gelben Augen an, dann erhob er sich und schlängelte sich in der entgegengesetzten Richtung geschmeidig durchs Unterholz. Ich ging ihm nach, im Vertrauen darauf, dass er mich nicht in die Irre führen würde. Nach einer Weile bog er seitlich ab. Wir hatten die Vampire wieder im Blick und folgten ihnen in sicherem Abstand.

Ich musterte die vier Vampire in Mr. Crepsleys und Kurdas Gefolge. Drei davon kannte ich nicht, die vierte war Arra Sails. Als ich sie zuletzt gesehen hatte, trug sie den rechten Arm noch in der Schlinge, jetzt dagegen ließ sie ihn locker herabhängen. Mir fiel auf, dass zwei der unbekannten Vampire ähnliche Schwerter dabeihatten wie Kurda und ein Stück hinter Arra und dem dritten, unbewaffneten Mitglied der Truppe zurückblieben.

Langsam dämmerte es mir. Mr. Crepsley hatte sich auf die Suche nach mir gemacht, und Arra und der andere Vampir hatten angeboten, ihn zu begleiten. Kurda fürchtete insgeheim, dass ich den Sturz in den Bergfluss irgendwie überlebt hatte, und hatte deshalb zwei Bewaffnete mitgenommen. Wenn sie mich entdeckten, würden sie meinem Leben mit einem raschen Schwertstreich ein blutiges Ende setzen – und nicht nur meinem, sondern auch dem von Mr. Crepsley, Arra und ihrem unbewaffneten Kameraden. Kurda würde ganz sichergehen, dass die Kunde von seinem Verrat niemals bis zu den Obervampiren und Fürsten drang.

Sein heimtückischer Plan überraschte mich nicht besonders, doch dass er offenkundig Verbündete gefunden hatte, besorgte mich. Die beiden Bewaffneten mussten über ihn und die Vampyre Bescheid wissen, sonst hätte er sie gar nicht erst aufgefordert, sich dem Suchtrupp anzuschließen. Zwar hatte ich seit meiner Flucht die Hüter des Blutes (das war eine sonderbare Sippe, die ebenfalls im Berg der Vampire hauste und ihr Blut gegen die inneren Organe verstorbener Vampire eintauschte) im Verdacht gehabt, an der Verschwörung beteiligt zu sein, aber bis jetzt hatte ich angenommen, unter den Vampiren selbst sei

Kurda der einzige Verräter. Offenbar hatte ich mich getäuscht.

Wären mein Meister und Arra nicht so sehr mit der Suche nach mir beschäftigt gewesen, hätte ihnen eigentlich auffallen müssen, dass sich ihre Begleiter reichlich merkwürdig benahmen: Kurdas Männer waren entsetzlich nervös; dauernd drehten sie sich um und fingerten an ihren Waffen herum. Am liebsten wäre ich aufgesprungen und hätte dem Anführer einen ordentlichen Schrecken eingejagt (er war nämlich der Nervöseste von allen), aber meine Vernunft siegte über diesen Impuls. Das hätte lediglich dazu geführt, dass er und seine Leute mich und die drei ahnungslosen Vampire einen Kopf kürzer gemacht hätten. Solange die Verschwörer annahmen, ich sei tot, würden sie nichts tun, womit sie sich verraten könnten.

Ich betrachtete die Gesichter von Kurdas Spießgesellen eingehend und kramte in meinem Gedächtnis, konnte mich jedoch beim besten Willen nicht an sie erinnern. Wie viele Vampire mochte Kurda noch heimlich auf seine Seite gebracht haben? Nicht sehr viele, schätzte ich. Seine beiden Begleiter waren ziemlich jung. Wahrscheinlich hatte der Obervampir sie selbst angeworben und einer Gehirnwäsche unterzogen, bevor sie mit dem Rest des Clans in Berührung gekommen waren. Erfahrenere Vampire, denen Ehre und

Loyalität heilig waren, hätten sich niemals mit einem Verräter verbündet.

Nach einer Weile machte der Trupp auf einer kleinen Lichtung Halt, hockte sich in den Schnee und ruhte sich aus. Nur Mr. Crepsley ging unruhig auf und ab. Ich berührte Blitz' Schulter und zeigte auf die Lichtung: Ich wollte dichter heran. Der Wolf zögerte, hob witternd die Schnauze und schlich schließlich voraus. Mit äußerster Vorsicht näherten wir uns der Lichtung bis auf sieben oder acht Meter. Dann versteckten wir uns hinter einem abgestorbenen Baumstumpf. Dank meines überdurchschnittlich guten Gehörs konnte ich von dort aus jedes Wort verstehen.

Zunächst schwiegen die Vampire, hauchten in die gewölbten Handflächen und zogen die Jacken enger um sich. Sie schlotterten vor Kälte. Ich grinste, als ich mir vorstellte, wie unwohl sie sich erst an meiner statt gefühlt hätten.

Dann stand Kurda auf und schlenderte zu Mr. Crepsley hinüber. »Glaubst du, wir finden ihn?«, fragte der Verräter mit gespielter Besorgnis.

Mein Meister seufzte. »Wahrscheinlich nicht. Aber ich möchte noch nicht umkehren. Ich will wenigstens seine Leiche anständig bestatten.«

»Vielleicht ist er ja noch am Leben«, bemerkte Kurda.

Mr. Crepsley lachte bitter. »Wir sind seiner Spur kreuz und quer durch die Gänge gefolgt. Dabei haben wir herausgefunden, dass er in den Fluss gefallen und nicht wieder herausgeklettert ist. Hältst du es wirklich für möglich, dass er das überlebt hat?«

Der Verräter schüttelte langsam den Kopf, als sei er tief betrübt. Dieser verfluchte Schweinehund! Vielleicht hielt er mich tatsächlich für tot, aber er wollte anscheinend trotzdem kein Risiko eingehen. Wäre er unbewaffnet gewesen, hätte ich ihn …

Ich beherrschte mich und spitzte wieder die Ohren. Inzwischen hatte sich auch Arra zu den beiden gesellt und beteiligte sich an der Unterhaltung. »… vorhin Wolfsspuren gesehen. Vielleicht haben sie seine Leiche aufgespürt und zerfleischt. Das sollten wir auf jeden Fall noch überprüfen.«

»Ich glaube nicht, dass sie ihn gefressen haben«, widersprach mein Meister. »Wölfe respektieren uns Vampire, genau wie wir sie. Außerdem hätte sein Blut sie vergiftet, und wir hätten ihr irres Geheul hören müssen.«

Stille trat ein, dann sagte die Vampirin leise: »Ich wüsste zu gern, was dort unten vorgefallen ist. Wäre Darren allein unterwegs gewesen und in den Fluss gefallen, könnte ich das ja noch verstehen, aber Gavner ist ebenfalls verschwunden.«

Es gab mir einen Stich, als sie den Namen meines toten Freundes aussprach.

»Entweder ist er bei dem Versuch, Darren heraus-

zuziehen, in den Fluss gestürzt, oder der Junge wollte umgekehrt ihn retten und ist dabei umgekommen«, erwiderte Kurda rasch. »Das ist die einzige Erklärung.«
Doch damit gab sich Arra nicht zufrieden. »Aber wieso sind die beiden überhaupt hineingefallen?«, beharrte sie. »Der Fluss ist an dieser Stelle nicht besonders breit. Sie hätten leicht hinüberspringen können. Und wenn er ihnen tatsächlich zu breit war, warum haben sie ihn dann nicht an einer anderen Stelle überquert? Das ergibt doch alles keinen Sinn.«
Kurda zuckte die Achseln und blickte ebenso ratlos drein wie die anderen.
»Wenigstens können wir mit Sicherheit sagen, dass Gavner tot ist«, nahm Mr. Crepsley den Faden wieder auf. »Zwar haben wir auch seine Leiche bis jetzt nicht gefunden, aber dass wir keine mentalen Signale mehr von ihm empfangen, kann nur heißen, dass er nicht mehr unter den Lebenden weilt. Sein Tod ist erschütternd, aber die Ungewissheit über Darrens Schicksal quält mich fast noch mehr. Alle Umstände sprechen dagegen, dass er noch unter uns ist, doch bevor wir keinen eindeutigen Beweis haben, habe ich keine Ruhe.«
Seltsamerweise fand ich es tröstlich, dass sich mein Lehrmeister trotz seiner Sorgen noch genauso geschraubt ausdrückte wie früher.

»Dann suchen wir eben weiter«, meinte Kurda. »Wenn er hier irgendwo ist, stöbern wir ihn bestimmt auf.«

Mr. Crepsley schüttelte den Kopf. »Nein«, seufzte er. »Wenn wir heute Abend keine Spur von ihm entdeckt haben, brechen wir die Suche ab. Du musst dich auf deine Ordination vorbereiten.«

»Zum Kuckuck mit der Ordination«, schnaubte Kurda.

»O nein«, widersprach mein Meister. »Übermorgen Nacht wirst du zum Fürsten ernannt. Das hat oberste Priorität.«

»Aber ...«, fing der Verräter wieder an.

»Schluss jetzt«, blaffte der Ältere. »Deine Ordination zum Fürsten ist wichtiger als der Verlust von Gavner und Darren. Dass du den Berg überhaupt so kurz vor der Zeremonie verlassen hast, war bereits ein ernster Verstoß gegen die Tradition. Denk nicht mehr an Darren. Als Fürst ist es deine Pflicht, die Wünsche anderer über deine eigenen zu stellen. Deine Anhänger erwarten von dir, dass du morgen fastest und dich vorbereitest. Du darfst sie nicht enttäuschen.«

»Na schön«, brummte Kurda. »Aber das letzte Wort in dieser Angelegenheit ist noch nicht gesprochen. Ich bin genauso betroffen über das, was passiert ist, wie du. Auch ich werde nicht ruhen, bevor wir nicht zweifelsfrei wissen, ob Darren tot oder noch am Leben ist.«

Dieser Heuchler! Da drüben stand er mit Unschuldsmiene und tat genauso erschüttert wie meine alten Freunde. Hätte ich bloß ein Gewehr oder eine Armbrust gehabt! Dann hätte ich ihn auf der Stelle erschossen, und wenn es unter Vampiren noch so streng verboten war, Schusswaffen zu benutzen!

Schließlich brach der Suchtrupp wieder auf. Ich blieb, wo ich war, und dachte fieberhaft nach. Die Erwähnung von Kurdas bevorstehender Ordination beunruhigte mich. Ich hatte ganz vergessen, dass er ja zum Fürsten gewählt worden war. Aber je länger ich darüber nachdachte, desto klarer wurde mir das Ausmaß der Bedrohung. Bisher hatte ich angenommen, die Vampyre wollten einfach so viele Vampire wie möglich umbringen und den Berg erobern, aber das erschien mir immer unlogischer. Weshalb sollten sie sich wegen ein paar muffiger Höhlen, mit denen sie nichts Vernünftiges anfangen konnten, auf ein solches Wagnis einlassen? Selbst wenn sie die Bewohner des Berges bis zum letzten Mann abmurksten, lebten draußen in der Welt noch genug Vampire, die versuchen könnten, ihren Fürstensitz zurückzuerobern.

Es musste einen anderen Grund geben, weshalb sie hier waren, und ich glaubte auch zu wissen, welchen: der Stein des Blutes. Der Stein des Blutes war ein magischer Gegenstand, mit dessen Hilfe

Vampire oder auch Vampyre den Aufenthaltsort fast jedes anderen Sippenmitglieds auf diesem Planeten ermitteln konnten. Mit diesem Stein konnten die Vampyre alle außerhalb des Berges befindlichen Vampire aufspüren und abschlachten.

Außerdem sagte man dem Stein des Blutes nach, er sei die einzige Waffe, die den Vampirclan davor bewahren konnte, von dem legendären Lord der Vampyre vernichtet zu werden. Angeblich sollte der Lord eines Nachts erscheinen und die Vampyre in eine siegreiche Schlacht gegen die Vampire führen. Wenn dieser gefürchtete Held tatsächlich existierte – was immerhin der prophetische Meister Schick vorhergesagt hatte –, wären die Vampyre natürlich darauf erpicht, das einzige Objekt in ihre Gewalt zu bringen, das noch zwischen ihnen und dem endgültigen Sieg stand!

Der Stein des Blutes wurde jedoch im Inneren des Vampirberges in der mit magischen Pforten ausgestatteten Fürstenhalle aufbewahrt. Ganz gleich, wie viele Vampire die Vampyre niedermetzelten oder wie tief sie in den Berg vordrangen, sie würden es nicht schaffen, die Fürstenhalle zu betreten und den Stein des Blutes an sich zu bringen, denn nur ein Vampirfürst konnte die Türen der Halle öffnen.

Nur ... ein ... Vampirfürst.

Zum Beispiel Paris Skyle, Mika Ver Leth, Pfeil-

spitze oder Vancha March. Oder – ab übernächste Nacht – Kurda Smahlt.
So sah also Kurdas teuflischer Plan aus! War er erst einmal ordiniert, konnte er die Türen der Fürstenhalle nach Belieben bedienen. Er würde die Vampyre aus den Gängen und Höhlen in den unteren Regionen des Berges heimlich nach oben führen (er kannte mehrere geheime Zugänge zu den Hallen) und in die Fürstenhalle einlassen, wo sie sämtliche dort versammelten Vampire umbringen würden. Anschließend konnte sich Kurda ungehindert des Steins bemächtigen. Hatte er den zauberkräftigen Gegenstand erst einmal in seinen Besitz gebracht, mussten ihm alle Vampire auf der ganzen Welt gehorchen, oder es würde ihnen schlecht bekommen.
Und das alles würde in weniger als achtundvierzig Stunden passieren. Niemand ahnte, dass Kurda ein Verräter war, deshalb konnte ihn auch niemand aufhalten. Niemand außer mir. Ganz egal, wie sehr ich mich vor den Vampirfürsten fürchtete, die immerhin meine Hinrichtung beschlossen hatten: Es war höchste Zeit, in den Berg der Vampire zurückzukehren. Ich musste die Obervampire und Fürsten warnen, bevor Kurda zuschlug. Auch wenn das vielleicht meinen Tod bedeutete …

KAPITEL 9

Kaum waren wir wieder am Lagerplatz des Rudels angekommen, erklärte ich Blitz, ich müsse mich unverzüglich auf den Rückweg machen. Der Wolf knurrte kehlig und nahm behutsam meinen rechten Knöchel zwischen die Fänge, um mir klarzumachen, dass ich dableiben sollte. »Ich muss gehen!«, protestierte ich. »Es ist meine Pflicht, die Vampyre aufzuhalten!«
Kaum hatte ich die Eindringlinge erwähnt, ließ mich Blitz leise grollend los. »Sie wollen die Vampire überfallen«, erklärte ich im Flüsterton. »Wenn ich sie nicht rechtzeitig warne, müssen sie alle sterben.«
Mein vierbeiniger Freund starrte mich hechelnd an, dann scharrte er im Schnee, schnüffelte an seinen eigenen Pfotenabdrücken und heulte auf. Offenbar wollte er mir etwas Wichtiges mitteilen, doch ich konnte sein sonderbares Verhalten nicht deuten.
»Ich verstehe dich nicht«, sagte ich bedauernd und zuckte mit den Schultern.
Wieder knurrte der Wolf, schnupperte noch ein-

mal an seinen eigenen Spuren, drehte sich um und trottete davon.

Verwundert folgte ich ihm. Er führte mich zu einer ziemlich mitgenommen aussehenden Wölfin, die sich etwas abseits vom Rest des Rudels niedergelassen hatte. Sie war mir zwar schon früher aufgefallen, doch ich hatte nicht weiter auf sie geachtet. Sie war recht alt und hatte nicht mehr lange zu leben; deshalb hielt sie sich von den anderen Tieren fern und ernährte sich von dem, was sie übrig ließen.

Als die Wölfin uns kommen sah, rappelte sie sich auf und wollte das Feld räumen, aber Blitz wälzte sich auf den Rücken und präsentierte ihr zum Beweis unserer friedlichen Gesinnung den Bauch. Ich ahmte ihn nach, und das Tier beruhigte sich wieder. Blitz hockte sich dicht vor der kurzsichtigen Alten auf die Hinterläufe und blickte sie unter leisem Knurren eindringlich an. Wieder scharrte er im Schnee und kläffte. Die Wölfin beäugte erst die Spuren, dann mich und winselte. Auf Blitz' neuerliches Bellen antwortete sie mit einem lang gezogenen Heulen.

Zuerst beobachtete ich die beiden Tiere erstaunt, doch plötzlich begriff ich, dass Blitz die Alte (ich beschloss, sie Magda zu nennen, so hieß nämlich meine Großmutter) aufforderte, mich zum Berg der Vampire zu bringen.

Aber wussten denn nicht alle Wölfe, wo sich der

Berg befand? Warum bat mein Retter ausgerechnet diese gebrechliche, Mitleid erregende Artgenossin, mir zu helfen? Verwirrt runzelte ich die Stirn. Dann ging mir ein Licht auf. Die einzige Erklärung war, dass Magda nicht nur den Rückweg zum Berg kannte, sondern auch den Aufstieg zum Eingang!

»Du weißt, wie man reinkommt, stimmt's?«, japste ich und kroch vor lauter Aufregung ein Stück auf die Wölfin zu.

Magdas Blick war unergründlich, doch ich spürte, dass ich richtig geraten hatte. Natürlich hätte ich den üblichen Weg zum Eingang benutzen können, aber dann hätten mich die Vampyre bald entdeckt. Wenn Magda jedoch einen Geheimpfad kannte, gelang es mir vielleicht, mich unbemerkt hineinzuschleichen!

Ich wandte mich nach Blitz um. »Bringt sie mich hin? Ist sie einverstanden?«, fragte ich gespannt.

Mein Freund ignorierte mich und versetzte Magda einen sanften Stups mit dem Kopf, wobei er gleichzeitig in den Spuren scharrte, die er im Schnee hinterlassen hatte. Die Wölfin jaulte noch einmal kurz, dann senkte sie ergeben den Kopf. Es gefiel mir zwar nicht, dass Blitz sie offenbar nur durch Einschüchterung dazu bringen konnte, ihm zu gehorchen, aber mein Wunsch, die Vampirfürsten so rasch wie möglich zu warnen, war stärker als alle Bedenken. Wenn ein bisschen Nachdruck erforderlich war, damit ich mich unbemerkt an den Vampyren vorbeistehlen konnte, dann sollte es mir recht sein.

»Wie weit bringt sie mich?«, fragte ich dann. »Bis ganz nach oben, zur Fürstenhalle?« Doch diese Frage überstieg das Begriffsvermögen der Tiere. Ich musste mich Magda einfach anvertrauen und, wenn sie mich verließ, den Rest des Weges allein zurücklegen.

»Gehen wir gleich los?« Ich konnte es kaum erwarten aufzubrechen, denn ich hatte keine Ahnung, wie lange wir brauchen würden – und jede Stunde zählte.

Magda erhob sich mühsam und wollte mir folgen, aber Blitz knurrte mich missbilligend an und bedeutete der Alten mit einer Kopfbewegung, ihm über den Lagerplatz zu folgen, um sich vor dem Aufbruch noch einmal richtig an frischem Fleisch satt zu fressen. Angesichts ihres schlechten Zustands sicher eine kluge Entscheidung.

Während sich die Wölfin den Bauch voll schlug, trat ich ungeduldig von einem Fuß auf den anderen und dachte darüber nach, ob wir wohl noch rechtzeitig eintreffen würden, um dem Verräter Kurda zuvorzukommen. Selbst wenn sich Magda tatsächlich in dem Tunnellabyrinth auskannte und es mir gelang, ungesehen die Fürstenhalle zu erreichen, wie sollte ich mich dann den Fürsten bemerkbar machen, bevor mich ein übereifriger Wachposten oder einer von Kurdas Handlangern entdeckte und zum Schweigen brachte?

Schließlich war Magda gesättigt, und wir brachen auf. Blitz und zwei jüngere Rüden begleiteten uns. Offenbar wollten sie sich unserer abenteuerlichen Unternehmung anschließen! Auch Rudi folgte uns aufgeregt kläffend ein ganzes Stück, bis mein Retter nach ihm schnappte und ihn verjagte. Der drollige Welpe würde mir fehlen, aber wir konnten ihn unmöglich mitnehmen, deshalb schickte ich ihm und den übrigen Rudelmitgliedern nur einen stummen Abschiedsgruß nach.

Anfangs kamen wir gut voran. Wölfe sind zwar keine besonders schnellen Läufer, dafür aber unglaublich ausdauernd, sie können stundenlang dasselbe zügige Tempo beibehalten. Wir trabten durch den Wald, über Schneefelder und Felsgestein und hatten bald eine beachtliche Strecke zurückgelegt.

Schließlich wurde Magda müde. Die Wölfin war es nicht gewöhnt, mit jungen, kräftigen Männchen Schritt zu halten, und fiel immer weiter zurück. Die Rüden wären einfach weitergelaufen und hätten es der Alten überlassen, ob sie uns irgendwann wieder einholte, aber das wollte ich nicht. Als die anderen Tiere merkten, dass ich mein Tempo absichtlich verlangsamte, bis ich

Seite an Seite mit Magda dahintrottete, blieben sie stehen und kamen zu uns zurück.

Ungefähr jede Stunde legten wir eine kurze Pause ein. Als es allmählich heller wurde, erkannte ich auch die Umgebung wieder. Nach meiner Schätzung mussten wir den Eingang zum Berg ein paar Stunden vor Sonnenuntergang erreichen.

Tatsächlich dauerte es etwas länger. Sobald es bergauf ging, kam die Wölfin noch langsamer voran. Dennoch erreichten wir den Eingang etwa eine Stunde vor Einbruch der Dämmerung, allerdings sah ich angesichts von Magdas Verfassung ziemlich schwarz. Wenn die Alte schon nach dem ersten Abschnitt des Weges nach Atem rang und vor Erschöpfung zitterte, wie sollte sie dann die lange, anstrengende Kletterpartie im Bergesinneren bewältigen? Ich erklärte ihr, ich käme von hier aus auch ohne ihre Hilfe zurecht, doch sie knurrte nur eigensinnig. Mir kam der Verdacht, dass sie nicht allein um meinetwillen mitgekommen war, sondern ihre eigenen Ziele verfolgte. Betagte Wölfe haben nur selten Gelegenheit, sich vor ihren Gefährten hervorzutun. Magda genoss ihre Anführerrolle und würde lieber während des Aufstiegs tot zusammenbrechen, als aufzugeben. Als Halbvampir konnte ich das gut verstehen, deshalb bedrängte ich sie nicht weiter, obwohl es mir Leid tat, dass sie mir den letzten Rest ihrer Kraft opferte.

Die Nacht verbrachten wir in dem Tunnel am Fuß des Berges. Die jungen Rüden waren ungeduldig und hätten am liebsten überhaupt nicht gerastet, doch ich wusste, dass sowohl Vampire als auch Vampyre nachts am umtriebigsten waren, deshalb weigerte ich mich standhaft, auch nur einen einzigen Schritt zu tun, und die Wölfe mussten wohl oder übel bei mir bleiben. Erst als draußen die Sonne aufging, erhob ich mich und forderte meine Begleiter mit einem Nicken zum Weitermarschieren auf.

Die Gänge, durch die uns Magda führte, waren größtenteils ziemlich eng und wurden so gut wie nie benutzt. Die meisten waren auf natürliche Weise entstanden, anders als die vielen von Vampirhand geschaffenen Tunnel, welche die Hallen miteinander verbanden. Immer wieder mussten wir kriechen oder sogar auf dem Bauch rutschen. Es war ziemlich anstrengend (und gelegentlich recht schmerzhaft für jemanden, der keine Kleider trug!), doch ich beschwerte mich nicht. Solange weder Vampire noch Vampyre diese unbequemen Tunnel betraten, blieben wir wenigstens unbemerkt!

Auch auf diesem Abschnitt legten wir regelmäßig Ruhepausen ein. Das Klettern machte der alten Wölfin sehr zu schaffen. Sie sah aus, als könnte sie jeden Augenblick tot umfallen, aber sie war nicht die Einzige, die Probleme hatte. Auch wir ande-

ren schwitzten und schnauften. Uns taten sämtliche Muskeln weh.
Bei einer Rast in einer von Schimmerschimmel fahl erleuchteten Höhle überlegte ich, wieso sich Magda so gut in diesem unterirdischen Labyrinth zurechtfand. Wahrscheinlich hatte sie diesen Ort in jüngeren Jahren ganz zufällig entdeckt. Vielleicht hatte sie irgendwann einmal den Anschluss an das Rudel verloren, und der Hunger hatte sie in den Berg getrieben. Dort war sie so lange in den Gängen umhergeirrt, bis sie schließlich in den bewohnten Teil des Berges vorgedrungen war, wo sie Wärme und Nahrung vorgefunden hatte. Wenn meine Theorie stimmte, musste sie, wie übrigens viele Tiere, ein bewundernswertes Gedächtnis haben. Während ich noch darüber nachdachte, hob Blitz auf einmal abrupt den Kopf. Er reckte witternd die Schnauze, stand dann auf und tappte zur Mündung eines der Tunnel, die von der Höhle abgingen. Die jüngeren Rüden schlossen sich ihm an, und alle drei entblößten leise knurrend die Fänge.
Meine Aufmerksamkeit war sofort geweckt. Vorsichtshalber hob ich einen scharfkantigen Stein auf und schlich zu den Tieren, um herauszufinden, was sie so beunruhigte. Doch als ich die Höhle durchquerte, ganz auf die Wölfe und ihr rätselhaftes Verhalten konzentriert, ließ sich plötzlich eine schlanke Gestalt aus dem schattigen

Dunkel über mir fallen, warf mich zu Boden, rammte mir unsanft einen großen Knochen zwischen die Zähne und erstickte damit meinen Schreckensschrei!

KAPITEL 10

Ich riss abwehrend die Hände hoch, und im selben Moment fingen die drei Rüden zu bellen an. Doch ihre Aufmerksamkeit galt nicht etwa meinem Angreifer, sondern richtete sich offensichtlich auf eine andere Gefahr, weiter hinten im Gang. Sie bekamen gar nicht mit, dass ich in Bedrängnis war. Nicht einmal Magda reagierte. Sie blieb einfach liegen und schaute neugierig, aber gelassen zu mir herüber.

Bevor ich zuschlagen konnte, sagte der Angreifer etwas, das wie »Gurlabashta!« klang. Ich wollte antworten, aber da ich immer noch den Knochen im Mund hatte, brachte ich nur ein dumpfes Grunzen zu Wege. »Gurlabashta!«, zischte der Fremde erneut, zog den Knochen heraus und verschloss mir den Mund mit seinen trockenen Fingern.

Da ich anscheinend nicht in unmittelbarer Lebensgefahr schwebte, beruhigte ich mich wieder und betrachtete den Mann genauer. Zu meiner Verblüffung erkannte ich einen der bleichen, weißäugigen Hüter des Blutes. Er war klapperdürr und wirkte verängstigt. Jetzt legte er den Finger auf die eigenen Lippen, deutete erst auf die Wölfe, die inzwischen ohrenbetäubend kläfften, und dann auf die Höhlendecke, von der aus er mich angesprungen hatte. Schließlich zog er mich zur Wand hinüber, zeigte auf einige Vertiefungen im Gestein, kletterte wieselflink empor und verschwand im Dunkeln. Nach kurzem Zögern und einem letzten Blick auf die aufgebrachten Wölfe folgte ich ihm.

Dicht unter der Decke wies der Hüter auf einen breiten Felsspalt, in dem ich mich verstecken sollte. Er selbst verbarg sich in einer nahe gelegenen kleinen Nische. Ich wartete mit pochendem Herzen. Schließlich ertönte eine raue Stimme: »Ruhe!«, befahl sie den tobenden Wölfen. »Schnauze, ihr räudigen Köter!«

Die Tiere hörten zu heulen auf, knurrten aber immer noch drohend. Sie wichen von der Tunnelöffnung zurück, und im nächsten Moment kam ein dunkelrotes Gesicht zum Vorschein: ein Vampyr!

»Wölfe!«, brummte der Vampyr abfällig und spuckte verächtlich auf den Boden. »Zum Teufel mit ihnen!«

»Kümmer dich nicht drum«, sagte eine zweite Stimme hinter ihm. »Wenn wir sie in Ruhe lassen, tun sie uns nichts. Sie haben bloß Hunger.«

»Wenn sie weiter so rumkläffen, locken sie noch

neugierige Vampire an«, brummte der erste Vampyr schlecht gelaunt, und ich sah ein scharfes Messer aufblitzen.

»Sie bellen nur wegen uns«, beschwichtigte ihn sein Kamerad. »Sie hören bestimmt auf, wenn wir ...«

Die Stimmen entfernten sich, und ich konnte nichts mehr verstehen.

Als ich mich davon überzeugt hatte, dass die Luft rein war, drehte ich mich nach meinem Retter um, weil ich mich bei ihm bedanken wollte, doch er war nicht mehr da. Er musste sich lautlos aus dem Staub gemacht haben, als meine Aufmerksamkeit abgelenkt worden war. Verwundert schüttelte ich den Kopf. Ich war fest davon überzeugt gewesen, dass die Hüter des Blutes mit den Vampyren im Bunde standen. Auf meiner Flucht vor Kurda und seinen Komplizen hatte nämlich einer von ihnen meine verzweifelten Rufe ignoriert und mich einfach meinem Schicksal überlassen. Wieso kam mir jetzt ein anderer zu Hilfe?

Grübelnd kletterte ich wieder nach unten zu meinen vierbeinigen Gefährten. Sie standen noch immer witternd da, waren aber ruhig. Nach einer Weile erhob sich Magda und übernahm wieder die Führung. Sie schlurfte noch langsamer bergauf als zuvor, und ich überlegte, ob das eher an ihrer Erschöpfung oder ihrer Angst vor den Vampyren lag.

Stunden später erreichten wir endlich die ersten Hallen im oberen Teil des Berges, machten aber einen weiten Bogen um sie. Trotzdem kamen wir an einer Stelle den Lagerräumen bedenklich nahe. Auf der anderen Seite der Felswand hörte ich die Vampire bei der Arbeit reden. Offenbar bereiteten sie das große Festmahl vor, das sich an Kurdas Ernennung zum Fürsten anschloss. Mit angehaltenem Atem lauschte ich eine Weile, doch ihre Stimmen waren zu gedämpft, um etwas zu verstehen, deshalb ging ich aus Angst, entdeckt zu werden, weiter.

Ich rechnete fest damit, dass Magda jeden Augenblick eine Verschnaufpause einlegen würde, doch die greise Wölfin führte uns immer weiter bergauf. Ich hatte den Berg nicht so hoch in Erinnerung und nahm an, dass wir uns bereits dicht unter dem Gipfel befanden, als wir an einen Tunnel kamen, der besonders steil nach oben führte. Magda schnupperte prüfend hinein, dann drehte sie sich nach mir um und schaute mich an. Ihr Blick verriet mir, dass sie mich so weit gebracht hatte, wie sie konnte. Neugierig spähte ich in den Gang, um festzustellen, wohin er führte, als die Alte auf einmal kehrtmachte und davontrottete.

»Wo willst du hin?«, rief ich ihr nach. Sie blieb stehen und sah über die Schulter zurück. Ihr Blick war müde und resigniert; sie war am Ende ihrer

Kräfte. »Warte hier. Wir holen dich nachher wieder ab«, forderte ich sie auf. Sie knurrte, scharrte mit den Vorderpfoten und sträubte das Fell. Ich begriff, dass sie sich zum Sterben zurückziehen wollte. »Nein«, sagte ich leise. »Leg dich einfach hin und ruh dich ein wenig aus. Bestimmt kannst du dann …«

Magda unterbrach mich mit einem kurzen Kopfschütteln. Ihre Augen blickten tieftraurig, und ich verstand auf einmal, dass sie diesen Ausgang unserer Expedition von Anfang an vorhergesehen hatte. Sie hatte gewusst, dass die Anstrengung zu viel für sie sein würde, aber sie hatte sich lieber vor ihrem Tod noch einmal nützlich machen wollen, als sich weitere ein, zwei Jahre hinter dem Rudel herzuschleppen und langsam zu Grunde zu gehen. Sie hatte ihr Schicksal selbst gewählt und sah ihrem Ende gelassen entgegen.

Ich kniete mich hin, streichelte ihr den Kopf und kraulte das dünne Fell hinter ihren Ohren. »Danke«, sagte ich schlicht. Magda schleckte mir die Hände, rieb die Nase an meiner linken Wange und hinkte davon, um sich ein ungestörtes Plätzchen zu suchen, an dem sie sich niederlegen und in aller Stille aus dem Leben scheiden konnte.

Bevor ich weiterging, hielt ich kurz inne und dachte über den Tod nach. Wie selbstverständlich nahm die Wölfin ihn hin, ganz im Gegensatz zu mir seinerzeit! Dann schüttelte ich die trüben

Gedanken entschlossen ab, betrat den Tunnel und machte mich an den Aufstieg.

Das letzte Stück des Weges fiel meinen Begleitern schwerer als mir. Sie waren zwar gute Kletterer, doch der Felsboden war zu glatt für ihre scharfen Krallen, und sie rutschten immer wieder zurück. Irgendwann hatte ich es satt, auf sie zu warten. Ich ließ sie vorangehen und fing sie mit Kopf und Schultern ab, wenn sie den Halt verloren.

Der steile Gang endete in einer kleinen, dunklen Höhle mit ebenem Boden. Es roch modrig, und die strengen Ausdünstungen der Wölfe machten die Luft noch stickiger. »Ihr drei wartet hier«, befahl ich im Flüsterton. Ich hatte Angst, dass uns eventuell in der Nähe befindliche Vampire riechen könnten. Also tastete ich mich weiter voran und kam vor einer bröckeligen Felswand zum Stehen. Trübes Licht fiel durch zahlreiche kleine Löcher und Risse. Ich versuchte hindurchzuspähen, doch dafür waren die Öffnungen zu klein. Deshalb steckte ich den Nagel meines rechten kleinen Fingers in einen etwas größeren Spalt und kratzte so lange an dem porösen Gestein herum, bis der Zwischenraum groß genug war. Wenn ich jetzt ein Auge dicht an die Öffnung drückte, konnte ich etwas sehen. Zu meinem Erstaunen blickte ich auf die hintere Wand der Fürstenhalle!

Nachdem ich mich von meiner Verblüffung erholt hatte (ich hatte immer gehört, es gebe nur einen einzigen Weg zur Fürstenhalle!), überlegte ich, was ich als Nächstes tun sollte. Bisher war alles geradezu unwahrscheinlich glatt gegangen. Jetzt lag es an mir, die günstigen Umstände so gut wie möglich zu nutzen. Mein erster Gedanke war, die dünne Trennwand einfach zu zertrümmern und laut nach den Fürsten zu rufen, aber die Gefahr, dass mir die Wachposten an der Pforte der Halle oder einer der Verräter die Kehle durchschnitten, bevor ich meine Botschaft losgeworden war, schien mir zu groß.

Unschlüssig kehrte ich zu meinen Gefährten zurück, und wir schlitterten den abschüssigen Gang wieder hinab, dorthin, wo es mehr Platz und bessere Luft gab. Unten angekommen, legte ich mich flach auf den Boden und dachte mit geschlossenen Augen angestrengt darüber nach, wie ich mich am besten mit den Fürsten in Verbindung setzen konnte, ohne von den Speeren und Schwertern pflichteifriger Wachposten und heimtückischer Verräter niedergemacht zu werden.

KAPITEL 11

Am liebsten hätte ich ganz ohne einen Vermittler mit den Fürsten persönlich gesprochen, aber natürlich konnte ich nicht einfach zum Eingang der Halle spazieren und die Wachen bitten, mich durchzulassen! Die Alternative war, so lange zu warten, bis einer der Fürsten die Halle verließ, was jedoch nur sehr selten geschah. Das Risiko, dass mir Kurda zuvorkam, war zu groß. Ich erwog, mich zur Pforte zu schleichen und rasch hindurchzuschlüpfen, sobald sie sich öffnete, aber die Wachposten hätten mich bestimmt entdeckt. Falls Kurda schon drinnen war und mich erblickte, murksten er oder seine Leute mich womöglich ab, bevor ich den Mund aufmachen konnte.

Das war meine größte Befürchtung: dass ich getötet wurde, bevor ich die Fürsten warnen konnte. Deshalb kam ich zu dem Schluss, dass ich mich zuvor jemandem anvertrauen musste, der meine Botschaft notfalls auch nach meinem Tod ausrichten konnte.

Aber wer kam dafür in Frage? Als Erstes fielen mir natürlich Mr. Crepsley und Harkat ein, doch

ihre Schlafkammern konnte ich nicht unbemerkt erreichen. Auch Arra Sails' und Vanez Blanes Wohnräume waren zu zentral gelegen.
Blieb noch Seba Nile, der altehrwürdige Quartiermeister des Berges. Er wohnte ziemlich weit unten, in der Nähe der Lagerräume. Das war zwar riskant, aber machbar. Doch konnte ich ihm trauen? Kurda und er waren eng befreundet. Seba hatte dem Verräter sogar dabei geholfen, Karten von bislang unerforschten Tunneln zu zeichnen, Karten, mit deren Hilfe die Vampyre vielleicht in ebendiesem Augenblick zur Fürstenhalle vordrangen. War Seba etwa einer von Kurdas Verbündeten?
Kaum hatte ich mir diese Frage gestellt, wusste ich auch schon, dass sie unsinnig war. Seba war ein Vampir der alten Schule, dem Loyalität und Tradition über alles gingen. Außerdem war er Mr. Crepsleys ehemaliger Lehrmeister. Wenn ich Seba nicht vertrauen konnte, wem dann?
Entschlossen stand ich auf, und die Wölfe taten es mir sofort nach. Ich beugte mich zu ihnen hinunter und befahl ihnen dazubleiben. Blitz schüttelte knurrend den Kopf, doch ich ließ mich nicht erweichen. »Ihr bleibt da!«, wiederholte ich streng. »Wartet hier auf mich. Falls ich nicht wiederkomme, kehrt ihr zu eurem Rudel zurück. Das hier ist meine Angelegenheit. Ihr könnt nichts mehr für mich tun.«

Ich wusste nicht genau, ob Blitz alles verstanden hatte, jedenfalls hockte er sich hechelnd auf die Hinterläufe und blickte mir bis zur nächsten Biegung nach.

Ich ging denselben Weg zurück, den wir gekommen waren, und hatte die Lagerräume bald erreicht. Dort war alles still, aber ich spähte sicherheitshalber erst durch das Loch in der Wand, durch das ich seinerzeit mit Kurda geflohen war. Da niemand zu sehen war, schlüpfte ich hindurch und ging mit raschem Schritt zur Tür, die zu den Korridoren führte, doch plötzlich fiel mir etwas ein. Abrupt blieb ich stehen und sah an mir herunter. Ich hatte mich inzwischen so an meine Nacktheit gewöhnt, dass mir erst jetzt klar wurde, wie seltsam ich mich in den Augen der Vampire ausnehmen musste. Wenn ich unbekleidet, verwildert und verdreckt in Sebas Schlafraum hineinplatzte, hielt er mich womöglich für ein Gespenst! Leider wurde in diesem Lagerraum keine Kleidung aufbewahrt, deshalb zerriss ich notgedrungen einen alten Sack und schlang mir einen breiten Streifen Stoff um den Bauch. Das war immerhin besser als nichts. Um meine Schritte zu dämpfen, wickelte ich mir noch ein paar schmalere Stoffstreifen um die Füße, dann öffnete ich einen Mehlsack und bestäubte mich von oben bis unten mit dem weißen Puder, in der Hoffnung, auf diese Weise den schlimmsten Wolfsgeruch zu überde-

cken. Schließlich war ich zufrieden, öffnete die Tür und schlüpfte in den dahinter liegenden Korridor.
Bis zu Sebas Gemächern waren es normalerweise zwei, drei Minuten, aber ich brauchte etwa viermal so lange. Immer wieder hielt ich an, beobachtete den vor mir liegenden Tunnelabschnitt und überlegte mir, wo ich mich am besten versteckte, falls ich überraschend einem Vampir begegnete.
Als ich endlich vor Sebas Tür angelangt war, zitterte ich vor Anspannung so heftig, dass ich kurz stehen bleiben musste, bis ich mich wieder beruhigt hatte. Erst dann klopfte ich leise. »Herein!«, rief der Quartiermeister. Ich folgte seiner Aufforderung. Der alte Mann kramte mit dem Rücken zu mir in einer Truhe. »Nun komm schon her, Thomas«, sagte er ungeduldig. »Ich habe dir doch gesagt, dass du nicht anzuklopfen brauchst. Es sind nur noch zwei Stunden bis zur Ordination, und wir haben jetzt keine Zeit, um ...«
Er drehte sich um, und als er mich erblickte, fiel ihm buchstäblich die Kinnlade herunter.
»Hallo, Seba«, grinste ich nervös.
Seba blinzelte, schüttelte den Kopf und blinzelte wieder. »Darren?«, japste er.
»Höchstpersönlich«, lächelte ich.
Seba klappte die Truhe zu und ließ sich schwer auf den Deckel fallen. »Bist du eine Erscheinung?«, keuchte er.

»Sehe ich etwa so aus?«
»Allerdings.«
Ich lachte und machte ein paar Schritte auf ihn zu. »Ich bin keine Erscheinung, Seba. Ich bin's wirklich.« Nun blieb ich stehen. »Sie können mich gern anfassen, wenn Sie es nicht glauben.«
Seba streckte einen zitternden Finger aus und berührte vorsichtig meinen linken Arm. Als er merkte, dass ich tatsächlich aus Fleisch und Blut bestand, breitete sich ein strahlendes Lächeln auf seinem Gesicht aus, und er machte Anstalten aufzustehen.
Doch dann verdüsterten sich seine Züge schlagartig, und er ließ sich wieder zurücksinken. »Man hat dich zum Tode verurteilt«, seufzte er bekümmert.
Ich nickte. »Das habe ich mir schon gedacht.«
»Du bist geflohen.«
»Das war ein Fehler. Es tut mir Leid.«
»Wir dachten, du wärst ertrunken. Deine Spur führte bis zum Fluss und hörte dort auf. Wie bist du wieder herausgekommen?
»Ich bin geschwommen.«
»Geschwommen? Wohin?«
»Den Fluss entlang.«
»Du meinst … den ganzen Fluss … quer durch den Berg? Das ist unmöglich!«
»Unwahrscheinlich«, berichtigte ich ihn. »Nicht unmöglich. Sonst wäre ich ja jetzt nicht hier.«

»Und Gavner?«, fragte der Alte hoffnungsvoll. »Ist er etwa auch noch am Leben?«

Ich schüttelte traurig den Kopf. »Gavner ist tot. Er wurde ermordet.«

»Das hatte ich befürchtet«, seufzte Seba. »Aber als ich dich sah, dachte ich ...« Er unterbrach sich und runzelte die Stirn. »Ermordet?«, polterte er.

»Bleiben Sie lieber sitzen«, sagte ich hastig. Dann berichtete ich ihm in aller Kürze von unserem Zusammenstoß mit den Vampyren, Kurdas Verrat und allem, was danach passiert war.

Als ich fertig war, bebte der alte Mann vor Zorn. »Ich hätte nie geglaubt, dass ein Vampir seine eigenen Brüder hintergehen könnte«, knurrte er. »Noch dazu ein so angesehener Vampir! Das ist eine Schande für unseren ganzen Clan. Wenn ich mir vorstelle, dass ich mit diesem Heuchler auf seine Gesundheit angestoßen und den Segen der Götter für ihn herbeigefleht habe, wird mir ganz schlecht! Bei Charnas Eingeweiden!«

»Sie glauben mir also?«, vergewisserte ich mich erleichtert.

»Ich mag wohl auf einen derartig geschickt getarnten Verräter hereinfallen«, erwiderte Seba, »aber deswegen erkenne ich immer noch die Wahrheit, wenn sie so klar auf der Hand liegt. Ich glaube dir. Und die Fürsten werden dir ebenfalls glauben.« Er stand auf und ging zur Tür. »Wir müssen sie so schnell wie möglich warnen. Je eher wir …« Er blieb stehen. »Nein. Vor der Ordinationsfeier sind die Fürsten nicht mehr zu sprechen. Sie bleiben in ihrer Halle und öffnen erst bei Einbruch der Dämmerung die Pforten, wenn Kurda Einzug hält. So ist es nun mal üblich. Sogar ich würde wieder weggeschickt, wenn ich jetzt um eine Audienz bäte.«

»Können Sie denn überhaupt noch rechtzeitig mit ihnen reden?«, fragte ich besorgt.

Der Quartiermeister nickte. »Vor der eigentlichen Ordination findet eine langwierige Zeremonie statt. Mir bleibt genug Zeit, ihnen die traurige Wahrheit über unseren angeblichen Bundesgenossen Kurda Smahlt zu enthüllen.« Wieder schäumte der Alte vor Wut. »Wenn ich nur dran denke, dass der Schurke jetzt allein in seinem Zimmer sitzt«, zischte er mit schmalen Augen. »Am liebsten würde ich hingehen und ihm die Gurgel durchschneiden, bevor er …«

»Nein«, fiel ich ihm hastig ins Wort. »Die Fürsten wollen ihn bestimmt verhören. Schließlich wissen wir nicht, wer sonst noch alles mit ihm unter einer Decke steckt oder weshalb er das Ganze überhaupt angezettelt hat.«

»Da hast du leider Recht.« Der alte Vampir ließ die Schultern hängen. »Außerdem wäre das für so jemanden ein viel zu gnädiger Tod. Für das, was er Gavner angetan hat, verdient er die schlimmsten Folterqualen.«

»Es gibt noch einen Grund, weshalb ich nicht möchte, dass Sie ihn jetzt schon töten«, sagte ich zögernd. »Ich möchte ihm selbst den Schleier vom Gesicht reißen. Ich war bei Gavner, als er starb. Nur meinetwegen hat er die Hallen überhaupt verlassen. Ich möchte Kurda ins Gesicht sehen, wenn ich ihn öffentlich überführe.«

»Um ihm zu zeigen, wie sehr du ihn hasst?«

»Nein. Um ihm zu zeigen, wie weh er mir getan hat.« Ich hatte Tränen in den Augen. »Ich hasse ihn, Seba, aber er ist trotzdem noch mein Freund. Er hat mir das Leben gerettet. Hätte er damals nicht eingegriffen, wäre ich jetzt tot. Er soll wissen, wie sehr er mich verletzt hat. Es klingt vielleicht merkwürdig, doch er soll begreifen, dass ich ihn nicht aus Rache entlarve.«

Seba nickte bedächtig. »Das leuchtet mir ein«, murmelte er und strich sich nachdenklich übers Kinn. »Aber es ist gewagt. Ich glaube zwar nicht, dass dich die Wachen sofort töten, aber Kurdas Verbündete sind womöglich schneller mit dem Messer bei der Hand.«

»Das Risiko muss ich eben eingehen. Was habe ich denn schon zu verlieren? Hinterher werde ich sowieso hingerichtet, weil ich die Einweihungsprüfungen nicht bestanden habe. Da sterbe ich doch lieber aufrecht und tue dabei noch ein gutes Werk, als elend in der Todeshalle zu verbluten.«

Der alte Quartiermeister lächelte anerkennend.

»Du besitzt den Mut eines echten Vampirs, Darren Shan«, sagte er leise.
»Nein«, wehrte ich ab. »Nachdem ich damals wie ein Feigling abgehauen bin, versuche ich nur, diesmal das Richtige zu tun.«
»Larten ist gewiss sehr stolz auf dich«, bemerkte der Alte.
Da mir darauf keine passende Erwiderung einfiel, zuckte ich bloß errötend die Schultern. Dann steckten wir die Köpfe zusammen und schmiedeten Pläne für die heraufziehende, folgenschwere Nacht.

KAPITEL 12

Eigentlich hätte ich die Wölfe in das, was kommen sollte, lieber nicht mit hineingezogen, denn ich fürchtete um ihr Leben; aber als ich sie wegscheuchen wollte, blieben sie mit heraushängenden Zungen stur sitzen. »Verschwindet!«, schnauzte ich sie an und versetzte jedem einen kräftigen Klaps auf die Flanke. »Marsch, nach Hause!« Doch anders als Hunde dachten sie gar nicht daran zu gehorchen. Offenbar waren sie fest entschlossen, nicht von meiner Seite zu weichen. Die jungen Rüden sahen sogar aus, als freuten sie sich schon auf eine ordentliche Rauferei! Irgendwann gab ich es auf, hockte mich neben sie und wartete darauf, dass mir meine innere Uhr sagte, wann es Abend wurde.

Kurz vor Einbruch der Dämmerung kraxelten wir den steilen Tunnel abermals empor und begaben uns erneut zu der morschen Rückwand der Höhle, in der die Fürstenhalle angesiedelt war. Dort machte ich mich unverzüglich daran, die Öffnung in dem mürben Gestein so zu vergrößern, dass wir uns hindurchzwängen konnten.

Seltsam, dass diese Schwachstelle in der unmittelbaren Umgebung der Fürstenhalle noch niemandem aufgefallen war. Allerdings befand sie sich ziemlich weit oben, und von gegenüber sah die Wand anscheinend massiv aus.
Noch einmal machte ich mir klar, was ich bisher für unverschämtes Glück gehabt hatte. Erst hatte ich den Sturz in den reißenden Bergfluss überlebt; dann hatten mich Rudi und Blitz gefunden, als ich nur noch ein Häufchen Elend war; zu guter Letzt hatte mich Magda auf einem Geheimpfad zur Fürstenhalle geführt. In gewissem Sinne war es sogar von Vorteil gewesen, dass ich seinerzeit die Prüfungen nicht bestanden hatte. Wäre ich im Kampf gegen die Rasenden Eber nicht unterlegen, hätte ich niemals herausgefunden, dass Vampyre in den Berg eingedrungen waren.
War das alles einfach nur Vampirglück, oder war es mehr – so etwas wie Schicksal? Ich hatte nie an Fügung geglaubt, aber man konnte ja nie wissen …
Die Schritte der herannahenden Prozession rissen mich aus meinen Überlegungen. Kurdas Ordination stand unmittelbar bevor. Ich musste handeln. Mühsam quetschte ich mich durch die Maueröffnung, sprang auf den Boden, drehte mich um und fing die Wölfe auf, die einer nach dem anderen hindurchschlüpften. Eng an die gewölbte Höhlenwand gedrückt, schlichen wir näher heran.

Zuerst erblickten wir die Obervampire, die bis zur Pforte der Fürstenhalle ein Ehrenspalier gebildet hatten. Sie waren fast ausnahmslos bewaffnet, ebenso wie die übrigen Anwesenden. Eine Ordination war die einzige Gelegenheit, bei der das Tragen von Waffen in der Fürstenhalle gestattet war. Jeder Bewaffnete konnte ein Verschwörer sein, der Anweisung hatte, mich auf der Stelle zu töten. Um mich nicht verunsichern zu lassen, verdrängte ich diesen Gedanken so rasch wie möglich.
Die drei prächtig gekleideten Fürsten warteten an den geöffneten Flügeltüren. Später würden sie ihr Blut mit Kurda tauschen und ihn auf diese Weise in ihren erlauchten Kreis aufnehmen. Nicht weit davon entfernt erspähte ich Mr. Crepsley und Seba. Der Blick meines Meisters war wie der aller anderen Vampire erwartungsvoll auf den zur Höhle führenden Gang gerichtet, einzig Seba linste aus dem Augenwinkel zu mir herüber. Als er mich sah, nickte er mir unmerklich zu. Das bedeutete, dass er einige seiner Untergebenen in unseren Plan eingeweiht und in der Nähe platziert hatte, damit sie rasch eingreifen konnten, falls während der Zeremonie jemand plötzlich von seiner Waffe Gebrauch machte. Der Quartiermeister hatte seinen Leuten allerdings nichts von meiner Rückkehr erzählt (wir waren übereingekommen, dass dies besser unter uns blieb), und ich hoffte

bloß, mein unerwartetes Auftauchen brachte sie nicht so sehr aus dem Konzept, dass sich Kurdas Männer auf mich stürzen konnten.
Inzwischen hatte die Spitze des Festzuges den Eingang der Höhle erreicht. Sechs Vampire schritten dem zukünftigen Fürsten paarweise voran. Sie präsentierten die Gewänder, die Kurda nach der Ordination anlegen sollte. Ihnen folgten zwei Vampire mit besonders tiefen, klangvollen Stimmen, die im Sprechgesang Gedichte und Erzählungen zum Ruhme Kurdas und der übrigen Fürsten vortrugen. Weiter hinten kam ein ganzer Sprechchor, dessen lautstarke Lobpreisungen im Gang und in der Höhle widerhallten.
Erst nach dieser achtköpfigen Vorhut erschien die eigentliche Hauptperson, Kurda Smahlt. Er stand hoch über den Köpfen der Prozession auf einem kleinen, von vier Obervampiren geschulterten Podest. Er war in ein weites, weißes Gewand gekleidet, hielt den Kopf mit den blonden Locken gesenkt, die Augen geschlossen. Ich wartete, bis er etwa die halbe Strecke bis an die Pforte zur Fürstenhalle zurückgelegt hatte. Dann löste ich mich von der Wand, trat, dicht gefolgt von den Wölfen, vor und brüllte, so laut ich konnte: »HALT!«
Alle Köpfe fuhren herum, und der Sprechgesang verstummte schlagartig. Zuerst erkannte mich niemand – die Vampire sahen nur einen schmutzi-

gen, halb nackten, mit Mehl bestäubten Jungen – doch als ich näher kam, ging ihnen ein Licht auf, und überraschte Ausrufe ertönten.

»Darren!« Mein Meister stieß einen Freudenschrei aus und lief mit ausgebreiteten Armen auf mich zu. Ich ließ mich nicht ablenken und konzentrierte mich ganz auf die übrigen Anwesenden, um rechtzeitig reagieren zu können, falls einer von ihnen sein Messer zückte.

Die Verschwörer verloren keine Sekunde. Zwei grün uniformierte Wachposten rissen sofort die Speere hoch, ein dritter zog zwei Messer und strebte durch die Menge auf mich zu. Doch auch Sebas Leute schliefen nicht. Trotz der allgemeinen Verwirrung griffen sie sofort ein, warfen die beiden Speerträger zu Boden, bevor sie Unheil anrichten konnten, entwaffneten sie und hinderten sie am Aufstehen. Der Uniformierte mit den Messern war jedoch zu weit von Sebas Gehilfen entfernt. Er brach durch die Reihen der Wachposten, stieß Mr. Crepsley unsanft beiseite und kam direkt auf mich zugerannt. Das eine Messer schleuderte er schon im Laufen, doch ich duckte mich instinktiv. Bevor er das zweite werfen oder damit auf mich einstechen konnte, sprangen ihn die beiden jungen Wölfe an, und er verlor das Gleichgewicht. Vor Aufregung und Wut heulten sie auf und attackierten ihn mit Klauen und Zähnen. Der Bursche schrie aus Leibeskräften und versuchte, sie abzuschütteln, aber die Vierbeiner waren stärker.

Schließlich grub der eine Wolf seine Fänge tief in die Kehle des Verschwörers und beförderte ihn ohne viel Federlesens ins Jenseits. Ich hielt das Tier nicht zurück. Schließlich wollte ich nur verhindern, dass Unschuldige zu Schaden kamen. So schnell, wie dieser Mann zu den Waffen gegriffen hatte, und so entschlossen, wie er auf mich losgegangen war, gehörte er ohne Zweifel zu Kurdas Komplizen.

Die übrigen Anwesenden waren vor Schreck wie gelähmt. Sogar Mr. Crepsley hielt mitten in der Bewegung inne, die Augen weit aufgerissen. »Darren?«, keuchte er mit schwankender Stimme. »Was geht hier vor? Wie bist ...«

»Nicht jetzt!«, schnitt ich ihm barsch das Wort ab und ließ die Augen auf der Suche nach weiteren Verschwörern über die Menge schweifen. Ich entdeckte keine, aber richtig sicher durfte ich mich erst fühlen, nachdem ich mein Anliegen vorgebracht hatte. »Ich erzähl's Ihnen später«, versprach ich meinem Meister, dann ging ich ohne Hast an ihm vorbei auf Kurda und die Fürsten zu. Blitz hielt sich dicht neben mir. Er knurrte warnend.

Kurda hatte beim ersten Lärm zwar den Kopf gehoben und die Augen geöffnet, jedoch nicht versucht, sein Podest oder gar den Raum zu verlassen. Der Blick, den er auf mich richtete, war schwer zu deuten, eher wehmütig als angsterfüllt. Er rieb sich die drei kleinen Narben auf der linken Wange (die Vampyre hatten ihn gezeichnet, als er vor einigen Jahren mit ihnen über die Bedingungen für einen Friedensschluss verhandelt hatte) und seufzte tief.

»Was zum Teufel ist hier los?«, polterte Mika Ver Leth. Seine Miene war genauso finster wie seine ganze Erscheinung. »Warum haben diese Vampire da drüben Streit angefangen? Werft sie sofort hinaus!«

»Euer Gnaden!«, meldete sich Seba eilig zu Wort, bevor der Befehl ausgeführt werden konnte. »Diese Männer sind Abtrünnige, und diejenigen, die sie aufgehalten haben, handelten in meinem Auftrag. Ich rate Euch dringend ab, die beiden freizulassen, bevor Ihr Darren zu Ende angehört habt.«

Mika blickte den alten Quartiermeister scharf an. »Hast du etwas mit diesem Durcheinander zu schaffen, Seba?«

»Jawohl, Euer Gnaden«, erwiderte der Alte. »Und ich bin stolz darauf.«

»Der Junge hat sich dem Urteil der Fürsten durch Flucht entzogen«, knurrte Pfeilspitze. Die angeschwollenen Adern auf seinem kahlen Schädel pulsierten. »Was hat er hier zu suchen?«

»Das wird er Euch gleich selbst erklären, Euer Gnaden«, beharrte Seba.

»Das ist wirklich ungeheuerlich«, sagte Paris Skyle stirnrunzelnd. »Noch nie zuvor hat es jemand gewagt, eine Ordination zu stören. Ich weiß zwar nicht, warum du den Jungen in Schutz nimmst, Seba, aber ich halte es für besser, euch beide aus der Halle zu entfernen, bis wir …«

»Nein!«, schrie ich, zwängte mich zwischen den Wachen hindurch und trat direkt vor das Podium der Fürsten. Ich blickte einem nach dem anderen in die Augen und sprach so laut, dass es alle hören konnten: »Ihr habt gesagt, dass noch nie jemand eine Ordination unterbrochen hat, und das mag stimmen. Aber ich behaupte, dass auch noch nie ein Verräter ordiniert werden sollte, und daher …«

Die Zuhörer brachen in erregte Zwischenrufe aus. Man war allgemein empört, dass ich Kurda als Verräter bezeichnete (sogar jene Vampire, die gegen seine Ordination gestimmt hatten, waren aufgebracht), und bevor ich mich noch wehren konnte, hatte sich ein wütender Mob um mich geschart, der an mir zerrte, mich schlug und mit Füßen trat. Die Wölfe wollten mir zu Hilfe eilen, blieben jedoch im Gewühl stecken.

»Aufhören!«, brüllten die Fürsten immer wieder. »Sofort aufhören!«

Schließlich konnten sie sich Gehör verschaffen. Meine Peiniger ließen von mir ab und wichen fluchend und mit zornfunkelnden Augen zurück. Sie hatten mich nicht ernstlich verletzt. Das Gedränge war so dicht gewesen, dass keiner von ihnen richtig zum Schlag hatte ausholen können.

»Was für eine Nacht!«, brummte Mika Ver Leth. »Schlimm genug, dass ein halbes Kind unsere Bräuche und Gesetze verletzt, aber dass ausgewachsene Vampire, die es wahrhaftig besser wissen sollten, sich in Anwesenheit ihrer Herrscher wie eine Horde Barbaren aufführen ...« Er schüttelte fassungslos den Kopf.

»Er hat Kurda einen Verräter genannt!«, rief jemand dazwischen. Der Zorn der Menge flammte erneut auf und machte sich in heftigen Beschimpfungen meiner Person Luft.

»Genug!«, bellte Mika. Als wieder Ruhe eingekehrt war, blickte er mich durchbohrend an. Ich hatte fast den Eindruck, als hätte er selbst nicht übel Lust, tätlich zu werden. »Wenn es nach mir ginge«, erklärte er in schneidendem Ton, »würde ich dich fesseln und knebeln lassen, bevor du noch ein einziges Wort sprichst. Anschließend würden dich die Wachen in die Todeshalle schleppen, damit du endlich deine verdiente Strafe erhältst.« Er machte eine Pause und ließ den Blick über die Zuschauer schweifen, die zustimmend nickten und murmelten.

Dann musterte er Seba eingehend und runzelte die Stirn. »Aber jemand, den wir alle kennen, schätzen und bewundern, hat sich für dich eingesetzt. Ich verachte feige Halbvampire zutiefst, die einfach weglaufen, statt sich ihrem Urteil zu stellen. Doch Seba Nile ist nun mal der Meinung, wir sollten dich anhören, und ich persönlich möchte gern wissen, wie er dazu kommt.«

»Ich ebenfalls«, brummte Paris Skyle.

Pfeilspitze wirkte verwirrt. »Auch ich schätze Seba durchaus«, begann er, »aber ein solcher Verstoß gegen die Tradition ist unverzeihlich. Ich finde ...« Doch nach einem zweiten Blick auf den Quartiermeister änderte er seine Meinung und nickte widerstrebend. »Na schön. Ich schließe mich Paris und Mika an. Aber nur deinetwegen, Seba.«

Nun wandte sich Paris wieder mir zu und bat mich so freundlich, wie es ihm unter den gegebenen Umständen möglich war: »Also – was hast du uns so Dringendes zu sagen, Darren? Fass dich bitte kurz.«

»Okay.« Ich sah zu Kurda hoch, der mich stumm aus weit geöffneten Augen anblickte. »Ich kann es sogar ganz kurz machen: Kurda Smahlt hat Gavner Purl umgebracht.« Die Vampire schnappten entsetzt nach Luft, und die soeben noch hasserfüllten Blicke wichen fragenden Mienen. »In diesem Moment warten Dutzende von Vampyren in den Gängen unter uns auf das Signal zum Angriff«, fuhr ich fort. Erstauntes Schweigen. »Dieser Vampir hier hat sie herbeigerufen!« Ich zeigte auf Kurda, und diesmal erhob niemand Einspruch. »Er ist ein Verräter«, schloss ich flüsternd, und während sich alle Augen auf Kurda richteten, tropften aus den meinen dicke Tränen auf den staubigen Fußboden.

KAPITEL 13

Lange war es totenstill. Niemand schien so recht zu wissen, was er sagen oder denken sollte. Hätte Kurda die gegen ihn erhobenen Vorwürfe sofort mit Nachdruck zurückgewiesen, hätte er die Obervampire damit vielleicht noch auf seine Seite ziehen können. Aber er stand einfach nur da, starrte niedergeschlagen vor sich hin und ertrug ihre fragenden Blicke.

Paris Skyle räusperte sich. »Was Darren da behauptet, wäre wohl für jeden Vampir eine schwer wiegende Beschuldigung«, sagte er. »Aber für einen zukünftigen Fürsten, dessen Ordination unmittelbar bevorsteht …« Er schüttelte den Kopf. »Du weißt, was es für Konsequenzen hat, wenn du lügst, Darren?«

»Warum sollte ich lügen?«, gab ich zurück. Ich drehte mich zu den Zuhörern um. »Alle hier wissen, dass ich meine Einweihungsprüfungen nicht bestanden habe und vor meinem Todesurteil geflohen bin. Durch meine Rückkehr habe ich mein Leben endgültig verwirkt. Glaubt denn wirklich jemand, ich wäre ohne guten Grund zurückgekommen?« Niemand antwortete. »Kurda hat euch verraten! Er steht mit den Vampyren im Bunde. Nach seiner Ordination will er ihnen die Tore der Fürstenhalle öffnen, um den Stein des Blutes in seinen Besitz zu bringen.«

Überraschte Ausrufe wurden laut.

»Woher willst du das wissen?«, übertönte Pfeilspitze das Stimmengewirr. Der kahlköpfige Fürst hasste die Vampyre noch erbitterter als die meisten anderen Vampire, denn seine Frau war vor vielen Jahren von einem Vampyr ermordet worden.

»Was den Stein betrifft, handelt es sich um eine Vermutung«, räumte ich ein, »aber die Vampyre habe ich mit eigenen Augen gesehen. Gavner übrigens auch. Deshalb hat ihn Kurda ja umgebracht. Mich hätte er vielleicht verschont, doch ich bin in der Halle der Letzten Reise in den Fluss gesprungen. Ich hatte fest damit gerechnet zu ertrinken, aber erstaunlicherweise habe ich überlebt. Nachdem ich mich von den Strapazen erholt hatte, bin ich unverzüglich zurückgekehrt, um euch alle zu warnen.«

»Wie viele Vampyre befinden sich bereits im Berg?«, hakte Pfeilspitze nach und funkelte mich durchdringend an.

»Mindestens dreißig, vielleicht auch mehr.«

Die drei Fürsten wechselten besorgte Blicke. »Das kann ich nicht glauben«, brummte Mika schließlich.

»Ich auch nicht«, stimmte Pfeilspitze zu. »Aber eine derart ausgefallene Lüge ist unschwer zu überprüfen. Wenn Darren uns wirklich hereinlegen wollte, hätte er sich etwas Glaubwürdigeres ausgedacht.«

»Seht dem Jungen doch in die Augen«, warf der alte Paris in diesem Moment seufzend ein. »Er sagt die Wahrheit.«

Plötzlich entstand in einer Ecke des Raumes erneut Unruhe. Einer von Kurdas Komplizen hatte sich losgerissen und wollte fliehen. Doch bevor er den Ausgang erreichte, hatten ihn die Wachen schon umzingelt. Der Kerl zog sein Messer und schien zum Äußersten entschlossen.

»Nicht, Cyrus!«, brüllte Kurda. Es war das erste Mal seit der Unterbrechung der Zeremonie, dass er den Mund aufmachte. Der Angesprochene ließ die Waffe sinken und blickte seinen Anführer abwartend an.

»Das Spiel ist aus«, sagte Kurda leise. »Wir wollten doch nicht unnötig Blut vergießen.«

Cyrus nickte gehorsam. Doch bevor ihn die Wachen abführen konnten, setzte er sich selbst das Messer auf die Brust und stach zu. Tot sank er zu Boden. Wieder richteten sich alle Blicke auf Kurda, aber diesmal waren die Gesichter der Vampire finster.

»Was hast du zu deiner Verteidigung vorzubringen?«, fragte Mika mit belegter Stimme.

»Im Augenblick – nichts«, erwiderte Kurda gelassen.
»Du gibst also alles zu?«
»Ja.«
Bei diesem Geständnis ging ein entsetztes Raunen durch die Reihen.
»Tötet ihn!«, knurrte Pfeilspitze. Der Vorschlag rief lauten Beifall hervor.
»Mit Verlaub, Euer Gnaden«, mischte sich Seba ein, »sollten wir uns nicht lieber mit den Vampyren befassen statt mit einem der Unsrigen? Kurda kann warten. Wir müssen zuerst überlegen, wie wir den Überfall verhindern.«
Paris nickte zustimmend. »Seba hat Recht. Zuerst müssen wir die Vampyre in die Flucht schlagen. Um die Verräter kümmern wir uns später.«
Er befahl einigen Wachposten, Kurda und seinen überlebenden Komplizen fortzuschaffen und strengstens zu bewachen. »Sie dürfen sich dem Verhör auf keinen Fall durch Selbstmord entziehen«, warnte er die Männer eindringlich.
Dann winkte er mich heran und wandte sich erneut an die Versammelten. »Meine Kollegen und ich ziehen uns jetzt mit Darren in die Halle zurück, kommen aber bald wieder. Ihr bleibt bitte alle hier, während wir beraten, was angesichts dieser bestürzenden Wendung der Ereignisse zu tun ist. Sobald wir uns für eine Taktik entschieden haben, setzen wir euch unverzüglich davon in

Kenntnis. Später, wenn die unmittelbare Gefahr abgewendet ist, findet sich gewiss Zeit für ausführlichere Gespräche.«

»Passt vor allem höllisch auf, dass sich niemand unbemerkt aus dem Staub macht«, blaffte Mika scharf. »Wir wissen nicht, wer noch alles in dieses Komplott verwickelt ist. Auf keinen Fall darf irgendetwas davon an die Ohren derer gelangen, die hinterrücks den Untergang unserer Sippe herbeiführen wollen.«

Damit betraten wir die Halle, gefolgt von einigen altgedienten Obervampiren sowie Seba, Arra Sails und Mr. Crepsley.

Als sich die Türen hinter uns geschlossen hatten, ließ die Anspannung merklich nach. Paris eilte sofort zum Stein des Blutes, um nachzusehen, ob er unversehrt war; Mika und Pfeilspitze schlurften bedrückt zu ihren Thronsesseln. Seba reichte mir ein paar Kleidungsstücke, die ich überziehen sollte. Anschließend geleitete mich der ehrwürdige Quartiermeister zum Podium der Fürsten. Ich hatte immer noch keine Gelegenheit gefunden, ein Wort mit meinem Meister zu wechseln, deshalb lächelte ich ihn im Vorbeigehen an, um ihm zu zeigen, dass ich ihn nicht vergessen hatte.

Zunächst berichtete ich den Fürsten, wie Kurda und ich geflohen waren, wie Gavner uns gefolgt war, wie wir einen anderen Gang als den von Kurda vorgesehenen benutzt hatten und auf die

Vampyre gestoßen waren, wie Gavner uns verteidigt und Kurda ihn schließlich niedergestochen hatte. Als ich zu meinem Abenteuer im Fluss kam, breitete sich ein Grinsen auf Paris' Gesicht aus, und er klatschte geräuschvoll Beifall.

»So was hätte ich nie für möglich gehalten«, gluckste der einohrige Fürst bewundernd. »Ganz früher haben sich besonders übereifrige junge Vampire in Fässern durch den Berg tragen lassen, aber noch nie hat jemand versucht ...«

»Paris, bitte«, unterbrach ihn Mika genervt. »Heb dir deine Anekdoten für später auf.«

»Natürlich, natürlich«, hüstelte der Alte verlegen. »Erzähl bitte weiter, Darren.«

Also schilderte ich, wie ich weit weg vom Vampirberg ans Ufer gespült worden war, wo mich die Wölfe fanden und wieder aufpäppelten.

»Dergleichen kommt gar nicht so selten vor«, warf Mr. Crepsley ein. »Wölfe haben schon oft ausgesetzte Säuglinge an Kindes statt angenommen.«

Ich berichtete, wie ich ihn und Arra bei der Suche nach mir beobachtet hatte, es aber angesichts von Kurda und seinen Schwert schwingenden Kumpanen vorgezogen hatte, mich nicht bemerkbar zu machen.

»Diese beiden Verschwörer«, unterbrach mich Mika grimmig. »Hast du sie vorhin wieder erkannt?«

»Ja«, erwiderte ich. »Sie gehörten zu den dreien, die mich mundtot machen wollten. Einen davon haben ja die Wölfe erledigt. Der andere wurde zusammen mit Kurda abgeführt.«

»Wie viele unserer Leute mögen wohl noch an der Verschwörung beteiligt sein?«, überlegte Mika laut.

»Ich schätze mal, das waren alle«, meinte Paris.

»Du glaubst, es waren insgesamt nur vier?«

Der betagte Fürst nickte. »Es ist nicht so einfach, einen Vampir zum Verrat zu überreden. Kurdas drei Mitverschworene waren ziemlich jung und, falls ich mich recht entsinne, alle drei von ihm persönlich angezapft. Die einzigen Mitglieder übrigens, die er jemals in unsere Gemeinschaft eingeführt hat. Außerdem bin ich überzeugt, dass er allen seinen Komplizen Anweisung erteilt hat, sich bei der Ordinationsfeier unters Publikum zu mischen. Das heißt, sie wären ebenfalls aufgesprungen, um Darren mit Gewalt am Reden zu hindern.

Wir sollten zwar die Möglichkeit nicht außer Acht lassen, dass sich noch zwei oder drei Verräter unerkannt in unseren Reihen befinden«, schloss der Alte, »aber anzunehmen, dass womöglich jeder Zweite von uns ein Schurke ist, bringt uns nicht weiter. Wir müssen jetzt fest zusammenhalten und dürfen nicht zu einer unkontrollierten Hexenjagd aufrufen.«

»Ich bin ganz Paris' Meinung«, bestätigte Pfeilspitze. »Das Misstrauen muss im Keim erstickt werden, bevor es sich wie ein Flächenbrand ausbreitet. Wenn wir das gegenseitige Vertrauen innerhalb unseres Clans nicht so schnell wie möglich wiederherstellen, bricht blankes Chaos aus.«
Den Rest der Geschichte bis zu meiner Rückkehr kürzte ich ab. Ich erwähnte Magda, die Kletterpartie im Bergesinneren und meinen Besuch bei Seba, dem ich mich vorsichtshalber anvertraut hatte, um im Falle meines Todes einen Mitwisser zu haben, der Kurda statt meiner entlarven konnte. Ich ließ auch die Hüter des Blutes nicht aus, von denen mich einer damals in der Halle der Letzten Reise so schmählich im Stich gelassen, ein anderer mich dagegen bei meiner Rückkehr in den Berg davor bewahrt hatte, von den Vampyren entdeckt zu werden.
»Die Hüter halten ihre eigenen Ratsversammlungen ab«, erläuterte Seba (der alte Quartiermeister wusste mehr über die Lebensgewohnheiten dieser seltsamen Geschöpfe als die übrigen Vampire). »Sie mischen sich ungern in unsere Angelegenheiten, was wiederum erklärt, warum sie uns nicht sofort gewarnt haben. Eine indirekte Einmischung jedoch, wie zum Beispiel Darren zu verstecken, wenn Gefahr im Verzug ist, scheint gestattet. Ihre übertriebene Neutralität ist zwar ärgerlich, aber ein fester Bestandteil ihrer Sitten

und Bräuche. Wir dürfen ihnen daraus keinen Vorwurf machen.«

Als ich geendet hatte, schwiegen die Anwesenden nachdenklich. Mika Ver Leth war der Erste, der wieder den Mund aufmachte: »Das Wohl des Clans war dir wichtiger, als deine eigene Haut zu retten«, brummte er mit schiefem Lächeln. »Natürlich können wir dein Versagen bei den Prüfungen oder die Tatsache, dass du dich deinem Urteil durch Flucht entzogen hast, nicht einfach auf sich beruhen lassen, dein guter Ruf jedoch ist auf Grund deiner selbstlosen Tat wiederhergestellt. Du bist ein echter Vampir, Darren Shan, ein wahres Geschöpf der Nacht, das diesen Namen verdient hat.«

Ich wandte den Kopf ab, um mein verlegenes Grinsen zu verbergen.

»Genug der schönen Worte«, grunzte Pfeilspitze. »Der Feind ruht nicht. Ich kann erst wieder ruhig schlafen, wenn der letzte Vampyr in der Todeshalle ein Dutzend Mal in die Pfähle gestürzt ist. Lasst uns endlich runtergehen und ...«

»Langsam, mein Freund«, unterbrach ihn Paris und legte seinem Kollegen beschwichtigend die Hand auf den Arm. »Wir dürfen nichts überstürzen. Die Fährtensucher haben Darrens Route durch die Tunnel verfolgt und sind dabei ganz dicht an den Höhlen vorbeigekommen, in denen die Vampyre ihr Lager aufgeschlagen haben. Das hat Kurda zweifellos einkalkuliert und ihnen befohlen umzuziehen. Demnach müssen wir sie zuerst einmal finden. Und selbst dann müssen wir uns mit größter Vorsicht anpirschen, damit sie uns nicht hören und erneut entwischen.«

»Meinetwegen«, brummelte Pfeilspitze. »Aber nur, wenn ich den ersten Angriff leiten darf!«

»Dagegen ist von meiner Seite nichts einzuwenden«, nickte Paris. »Mika?«

»Geht für mich in Ordnung, wenn ich den zweiten Vorstoß befehlige und er mir genug Feinde übrig lässt, um meine Klinge zu wetzen.«

»Abgemacht«, lachte der andere mit vor Kampfeslust funkelnden Augen.

»So jung und schon so blutdürstig«, seufzte Paris. »Ich nehme an, das bedeutet, ich soll hier bleiben und die Halle hüten.«

»Einer von uns löst dich kurz vor Schluss ab«, versicherte Mika. »Dann kannst du dich noch mit den Nachzüglern amüsieren.«

»Wirklich sehr aufmerksam von euch«, grinste der weißhaarige Fürst. Dann wurde er wieder ernst. »Noch ist es nicht so weit. Zuerst müssen wir unsere besten Fährtensucher zusammenrufen. Darren soll sie zu den betreffenden Höhlen führen. Wenn wir erst …«

»Euer Gnaden«, unterbrach ihn Seba erneut. »Seit Darren das Wolfsrudel verlassen hat, hat er noch nichts gegessen, und obendrein hat er seit seiner

Flucht aus unserem Berg keinen Tropfen Menschenblut mehr zu sich genommen. Bitte gestattet mir, ihm erst einmal etwas Essbares zu verschaffen, bevor er sich auf eine derart gefährliche Mission begibt.«

»Selbstverständlich«, nickte Paris zustimmend. »Geh mit ihm in die Khledon-Lurt-Halle und lass ihm alles auftischen, was sein Herz begehrt. Wir rufen ihn dann.«

Ich wäre zwar lieber dageblieben und hätte weiter mit den Fürsten Pläne geschmiedet, doch mir knurrte tatsächlich der Magen. Deshalb schloss ich mich dem Quartiermeister ohne Widerworte an. Neugierige Blicke folgten uns durch den Vorraum. In der Khledon-Lurt-Halle verschlang ich eine der köstlichsten Mahlzeiten meines Lebens, nicht ohne zuvor ein kurzes Dankgebet an die Vampirgötter zu richten, die mich während meines Eingreifens in Kurdas Ordinationszeremonie nicht im Stich gelassen hatten und hoffentlich auch in einer ungewissen Zukunft schützend ihre Hand über uns alle halten würden.

KAPITEL 14

Während ich noch speiste, holte mein Meister Harkat herbei. Man hatte dem Kleinen Kerl nicht erlaubt, an den Ordinationsfeierlichkeiten teilzunehmen (das war ausschließlich Vampiren gestattet). Daher ahnte er nichts von meiner Rückkehr und war völlig baff, als er mich am Tisch sitzen und herzhaft spachteln sah. »Darren!«, rief er laut und lief freudig auf mich zu.

»...lo, Harkat«, nuschelte ich, beide Backen voller Rattenbraten.

»Wie ... kommst du ... hierher? Haben sie ... dich ... gefangen?«

»Nicht direkt. Ich habe mich gestellt.«

»Wieso?«

»Bitte nicht jetzt«, flehte ich. »Ich habe die ganze Story gerade eben den Fürsten erzählt. Du erfährst es noch früh genug. Verrat mir lieber, was während meiner Abwesenheit alles passiert ist.«

»Nichts Besonderes«, erwiderte Harkat. »Die Vampire waren ... stinkwütend, als sie ... merkten, dass du .... abgehauen bist. Ich habe behauptet ... ich wüsste von nichts. Sie haben .... mir nicht geglaubt, aber ich … hab einfach immer dasselbe … gesagt. Da konnten …. sie nichts machen.«

»Noch nicht einmal mich hat er ins Vertrauen gezogen«, warf mein Meister ein.

Ich blickte den Vampir beschämt an. »Tut mir echt Leid, dass ich einfach weggerannt bin«, murmelte ich.

»Das gehört sich auch«, knurrte er. »So was sieht dir gar nicht ähnlich, Darren.«

Ich ließ den Kopf hängen. »Ich weiß. Ich könnte ja jetzt die ganze Schuld auf Kurda schieben, denn hätte er mich nicht überredet wegzulaufen, wäre ich vielleicht dageblieben. Aber in Wirklichkeit hatte ich solche Angst, dass ich jede Gelegenheit zur Flucht ergriffen hätte. Ich habe mich nicht nur vor dem Sterben gefürchtet, sondern auch vor den Begleitumständen: dem Gang in die Todeshalle, in einem Käfig über den Pfählen zu baumeln und …« Ich schauderte.

»Geh nicht zu hart mit dir selbst ins Gericht«, unterbrach mich mein Meister nachsichtig. »Ich mache mir viel größere Vorwürfe, weil ich seinerzeit überhaupt zugelassen habe, dass man dich unter diesen Bedingungen den Prüfungen überantwortet. Ich hätte auf einer angemessenen Zeitspanne bestehen müssen, in der du dich vorbereiten und auf ein eventuelles Scheitern hättest einstellen können. Der Fehler liegt bei uns, nicht bei dir.

So wie du hätte jeder gehandelt, der noch nicht lange mit den Grundsätzen unserer Sippe vertraut ist.«

»Ich würde eher sagen, es war Schicksal«, mischte sich Seba ein. »Wäre Darren nicht geflohen, hätten wir niemals rechtzeitig von Kurdas heimtückischem Verrat oder der Anwesenheit der Vampyre in unserer Festung erfahren.«

»Die Zeiger des Schicksals kreisen auf einer herzförmigen Uhr«, murmelte Harkat vor sich hin.

Wir drehten uns verblüfft nach ihm um.

»Was bedeutet das?«, fragte ich.

Der Kleine Kerl zuckte die Achseln. »Weiß ich ... nicht so genau. Ist mir ... nur grade eingefallen. War ... so eine Redensart von ... Meister Schick.«

Wir wechselten bange Blicke, als wir uns vorstellten, wie Meister Schick mit seiner herzförmigen Uhr herumspielte.

»Glaubt ihr, dass Salvatore Schick in die Sache verwickelt ist?«, fragte Seba schließlich.

»Ich wüsste nicht, wie«, entgegnete Mr. Crepsley. »Ich glaube eher, dass Darren unverschämtes Vampirglück hatte. Andererseits – bei diesem Finsterling Schick ist alles möglich ...«

Schweigend grübelten wir darüber nach, ob bei den jüngsten Ereignissen das Schicksal seine Hand im Spiel gehabt hatte oder ob alles nur eine Aneinanderreihung von Zufällen gewesen war. Dann trat der Bote der Fürsten ein. Er brachte mich in die unteren Regionen des Berges, wo mich die Fährtensucher bereits erwarteten. Die Suche nach den Vampyren nahm ihren Lauf.

Insgesamt waren fünf Fährtensucher beteiligt, darunter auch Vanez Blane, der während der Prüfungen mein Tutor und Trainer gewesen war. Der einäugige Wettkampfaufseher ergriff meine Hände und drückte sie so fest, dass es wehtat. »Ich habe immer gewusst, dass du irgendwann wiederkommst«, sagte er zufrieden. »Die anderen haben dich beschimpft, aber ich war überzeugt, dass du bloß in Ruhe über alles nachdenken musstest. Deshalb habe ich dich verteidigt und erklärt, dass du deinen übereilten Entschluss schon bald bereuen und in den Berg zurückkehren würdest.«
»Aber drauf gesetzt haben Sie trotzdem nicht – wetten?«, neckte ich ihn.
»Wenn du mich so fragst – nein«, gab er lachend zu. Dann inspizierte er meine Füße, um sich zu vergewissern, dass meine Schritte kein Geräusch machten. Die offiziellen Fährtensucher trugen besonders weiches Schuhwerk. Vanez bot mir an, ein Paar in meiner Größe aufzutreiben, doch ich zog meine Streifen aus Sackleinen vor.
»Äußerste Vorsicht ist geboten«, schärfte er uns ein. »Keine hastigen Bewegungen, kein Licht, nicht reden. Verständigt euch durch Handzeichen. Und du nimm das hier, Darren.« Er reichte

mir ein langes, scharfes Messer. »Zögere nicht, es zu benutzen, wenn du bedroht wirst.«

»Bestimmt nicht«, versprach ich und dachte an jenes Messer, dessen scharfe Klinge meinen Freund Gavner Purl das Leben gekostet hatte.

Solchermaßen ausgerüstet, marschierten wir los. Ich weiß nicht, ob ich die Höhle der Vampyre ohne Hilfe wieder gefunden hätte (seinerzeit war ich so verstört gewesen, dass ich mir den Weg nicht eingeprägt hatte), doch die Fährtensucher waren meiner Spur bereits einmal gefolgt und kannten die Richtung.

Erneut benutzten wir den Tunnel, der unter dem Bergfluss entlangführte. Diesmal fand ich ihn nur halb so schrecklich, denn seit dem letzten Mal hatte ich noch viel schlimmere Ängste ausgestanden als die, dass die Decke einstürzen und der Gang überflutet werden könnte. In der vorderen Höhle machten wir Halt, und ich deutete wortlos auf den Verbindungstunnel zur zweiten, größeren Höhle. Zwei Fährtensucher wurden als Kundschafter vorausgeschickt. Gespannt horchte ich, ob irgendwelcher Kampflärm zu vernehmen war, doch alles blieb ruhig. Da kehrte auch schon einer der Männer zurück und schüttelte verneinend den Kopf. Wir anderen folgten ihm in die große Höhle.

Als ich sah, dass sie vollkommen leer war, schnürte sich mir die Kehle zusammen. Das Gewölbe machte den Eindruck, als sei es noch nie betreten worden.

Ich hatte das dumpfe Gefühl, als würden wir die Vampyre vielleicht nie aufspüren, so dass mich die Vampire am Ende doch noch für einen Lügner halten mussten. Vanez spürte offenbar meine Bedenken, denn er stieß mich freundschaftlich in die Rippen und zwinkerte mir beruhigend zu. Er formte die Worte »Wir kriegen sie« mit den Lippen, dann schloss er sich den übrigen Fährtensuchern an, die jeden Winkel der Höhle unter die Lupe nahmen.

Schon nach kurzer Zeit hatten sie mehrere Beweise für den Aufenthalt der Vampyre entdeckt, und meine Befürchtungen lösten sich in Luft auf. Einer hielt einen Stofffetzen hoch, ein Zweiter eine halb volle Konservenbüchse mit Bohnen, ein Dritter deutete auf eine kleine Speichelpfütze, wo einer der Eindringlinge offenbar kräftig auf den Boden gespuckt hatte. Nachdem jeder Zweifel ausgeschlossen war, kehrten wir in die vordere Höhle zurück und beratschlagten im Flüsterton. Wir fürchteten keine Lauscher, denn das Rauschen des Wassers übertönte unsere Stimmen.

»Eindeutig Vampyre«, brummte einer der Fährtensucher. »Mindestens ein Dutzend.«

»Sie haben sich große Mühe gegeben, ihre Spuren zu verwischen«, knurrte ein anderer. »Wir haben sie nur entdeckt, weil wir genau wussten, wonach wir Ausschau halten sollten. Hätten wir die Höhle nur flüchtig durchsucht, wäre uns bestimmt nichts aufgefallen.«

»Was glaubt ihr, wo sie hingegangen sind?«, fragte ich.

»Schwer zu sagen«, erwiderte Vanez nachdenklich und kratzte sich am Lid seines blinden Auges. »In der unmittelbaren Nähe gibt es kaum Höhlen, die so groß sind, dass sich eine Horde Vampyre einigermaßen bequem darin verkriechen kann. Aber vielleicht haben sie sich ja in kleinere Gruppen aufgespalten und lauern überall verstreut.«

»Glaub ich nicht«, widersprach einer der Fährtensucher. »Wenn ich den Oberbefehl über diese Kerle hätte, würde ich darauf bestehen, dass alle schön zusammenbleiben, für den Fall, dass wir entdeckt würden. Ich glaube eher, wir finden die ganze Bande auf einem Haufen, wahrscheinlich in der Nähe eines Ausgangs, damit sie im Notfall alle auf einmal fliehen können.«

»Hoffen wir's«, sagte Vanez. »Wenn sie sich wirklich aufgeteilt haben, kann es ewig dauern, bis wir auch den Letzten aufgestöbert haben. Findest du allein zu den Hallen zurück?«, wandte er sich dann an mich.

»Ja«, erwiderte ich. »Aber ich möchte dabei sein.«

Mein ehemaliger Tutor schüttelte den Kopf. »Wir haben dich mitgenommen, damit du uns diese

Höhle zeigst. Aber jetzt können wir dich hier nicht mehr gebrauchen. Ohne dich geht es schneller voran. Geh zu den anderen zurück und berichte ihnen, was wir entdeckt haben. Sobald wir das Versteck der Vampyre gefunden haben, kommen wir nach.«

An der Pforte zu den Hallen wurde ich bereits von Seba erwartet und zur Fürstenhalle geleitet. Weitere Obervampire waren eingetroffen und diskutierten eifrig über den bevorstehenden Angriff, aber abgesehen von denjenigen, die von den Fürsten mit Spezialaufträgen losgeschickt worden waren, hatte tatsächlich niemand die unmittelbare Umgebung der Halle verlassen. Die meisten Vampire saßen oder standen vor der Tür und warteten gespannt auf Neuigkeiten.

Mr. Crepsley und Harkat waren schon drinnen. Der Vampir sprach gerade mit den Fürsten. Harkat stand etwas abseits. Er hatte Madame Octas Käfig unter dem Arm. (Madame Octa war die dressierte Spinne meines Meisters, mit der er früher einmal im Cirque Du Freak aufgetreten war.) Als der Kleine Kerl mich kommen sah, hielt er den Käfig voller Stolz hoch. »Ich dachte … du freust dich bestimmt … sie zu sehen«, stammelte er.

Das war zwar nicht unbedingt der Fall, aber ich wollte ihm den Spaß nicht verderben. »Echt nett von dir, Harkat«, lächelte ich. »Danke, dass du

dran gedacht hast. Ich habe sie schon richtig vermisst.«
»Harkat hat sich vorbildlich um deine Spinne gekümmert«, lobte Seba. »Nach deiner Flucht wollte er mir ihre Pflege übertragen, aber ich habe ihn gebeten, sie erst mal zu behalten. Man weiß ja nie, was noch alles kommt, und ich hatte so eine Ahnung, dass wir dich nicht zum letzten Mal gesehen hatten.«
»Ich fürchte, du musst diese Pflicht noch länger übernehmen«, murmelte ich düster, an Harkat gewandt. »Anscheinend habe ich zwar meinen guten Ruf wiederhergestellt, aber dadurch ist mein Versagen in der Prüfung natürlich nicht aus der Welt.«
»Jetzt wirst du ... doch bestimmt ... begnadigt, oder?«, meinte Harkat.
Ich schielte zu Seba hinüber. Seine Miene blieb streng, und er sagte nichts.
Einige Stunden später kehrte Vanez Blane mit guten Nachrichten zurück: Der Suchtrupp hatte den Aufenthaltsort der Vampyre ausfindig gemacht. »Sie haben sich in einer lang gestreckten, engen Höhle ganz in der Nähe des Ausgangs verschanzt«, erläuterte Vanez den Fürsten, ohne sich lange mit umständlichen Grußformeln aufzuhalten. »Es gibt nur einen Tunnel hinein und einen hinaus. Letzterer führt direkt ins Freie, so dass sie rasch fliehen können, wenn es brenzlig wird.«

»Dann postieren wir davor eben ein paar von unseren Leuten«, warf Mika ein.

»Das wird schwierig«, seufzte Vanez. »Hinter dem Ausgang fällt der Berg steil ab, und die Vampyre haben bestimmt ihrerseits Wachposten aufgestellt. Ich glaube nicht, dass sich die Unsrigen unbemerkt an ihnen vorbeistehlen könnten. Wir sollten lieber versuchen, die Vampyre innerhalb des Berges in ein Gefecht zu verwickeln.«

»Wieso versuchen?«, fragte Paris scharf, offenbar durch Vanez' besorgten Tonfall alarmiert.

»Wie wir es auch anstellen, es ist in jedem Falle riskant«, sagte der Wettkampfaufseher ernst. »Ganz gleich, wie umsichtig wir vorgehen, es wird uns nicht gelingen, sie zu überrumpeln. Wenn sie uns einmal bemerkt haben, befehlen sie vermutlich einigen ihrer Leute, uns so lange den Weg zu versperren, bis der größte Teil der Truppe ins Freie entwischt ist.«

»Könnten wir ihnen den Weg nach draußen nicht von der anderen Seite abschneiden?«, schlug Pfeilspitze vor. »Vielleicht indem wir eine Lawine auslösen oder etwas in der Art. Dann müssten sie sich uns stellen.«

»Das wäre natürlich eine Möglichkeit«, stimmte Vanez zu, »doch den Ausgang zu versperren, könnte sich auch für uns negativ auswirken. Außerdem würden sie dann merken, dass wir da sind und was wir vorhaben, und wären in der Lage, sich darauf vorzubereiten. Ich fände es besser, ihnen eine Falle zu stellen.«

»Willst du damit etwa andeuten, sie wären uns in einem fairen Kampf überlegen?«, schnaubte Pfeilspitze verächtlich.

Vanez schüttelte den Kopf. »Nein. Wir kamen zwar nicht dicht genug heran, um ihre genaue Zahl festzustellen, aber es sind höchstens vierzig Mann, vielleicht auch weniger. Ich bin fest davon überzeugt, dass wir sie besiegen werden.« Diese Behauptung quittierten die Vampire mit freudigem Kampfgeschrei. »Um den Sieg mache ich mir wie gesagt keine Sorgen«, übertönte der Einäugige den Lärm. »Eher um die Verluste in unseren eigenen Reihen.«

»Zur Hölle mit den Verlusten«, knurrte Pfeilspitze. »Wir haben uns schon früher blutige Gefechte mit den Vampyren geliefert. Oder ist hier etwa jemand, der um sein Leben fürchtet?« Am kriegerischen Gebrüll der Menge war zu erkennen, dass die Antwort »Nein« lautete.

»Das sagt sich so leicht«, meinte Vanez bekümmert, als sich der Aufruhr wieder gelegt hatte. »Aber wenn wir die Höhle einfach stürmen, ohne die drinnen vorher abzulenken, riskieren wir mindestens dreißig oder vierzig Vampirleben. Die Vampyre haben nichts zu verlieren. Sie werden bis zum bitteren Ende weiterkämpfen. Könnt Ihr das wirklich verantworten, Pfeilspitze?«

Die Freudenrufe verstummten. Sogar dem Vampyrhasser Pfeilspitze schienen Bedenken zu kommen. »Meinst du wirklich, unsere Verluste wären so hoch?«, fragte er leise.

»Wenn wir nur dreißig oder vierzig Mann einbüßen, haben wir noch Glück gehabt«, erwiderte Vanez offen. »Die Vampyre haben sich genau überlegt, wo sie sich am besten verbarrikadieren. Diese Höhle können wir unmöglich im Sturm nehmen und alle Insassen auf einmal niedermetzeln. Wir müssen in kleinen Gruppen angreifen und sie einen nach dem anderen erledigen. Zwar sind wir ihnen in jedem Fall zahlenmäßig überlegen, aber leicht wird es trotzdem nicht sein. Sie werden uns schwer zusetzen – sehr schwer.«

Die Vampirfürsten blickten einander beklommen an.

»Dieser Preis ist zu hoch«, konstatierte Paris dann.

»Vielleicht ist es wirklich zu riskant«, pflichtete ihm Mika widerstrebend bei.

»Wie wäre es, wenn wir Verwirrung stiften?«, warf Mr. Crepsley ein. »Zum Beispiel, indem wir sie ausräuchern oder die Höhle fluten.«

»Das habe ich auch schon überlegt«, nickte Vanez. »Aber ich wüsste nicht, wie wir genug Wasser dort hineinpumpen könnten. Feuer wäre ideal, aber leider ist die Höhle gut belüftet. Die Decke ist hoch und zudem voller kleiner Risse und Löcher. Um ausreichend Qualm zu erzeugen, müssten wir schon mitten in der Höhle ein riesiges Feuer entfachen.«

»Demnach läuft es doch auf einen Frontalangriff hinaus«, meldete sich Paris wieder zu Wort. »Wir schicken unsere besten Speerkämpfer vor, die so viele Vampyre wie möglich niederstechen sollen, bevor wir Mann gegen Mann weiterkämpfen. Auf diese Weise könnten wir unsere Verluste begrenzen.«

»Sie wären immer noch erheblich«, hielt der Wettkampfaufseher dagegen. »Für den wirkungsvollen Einsatz von Speeren gibt es nicht genug Platz. Vielleicht gelänge es einer Vorhut, die Wachen am Höhleneingang zu durchbohren, aber dann ...«

»Was schlägst du denn vor?«, brauste Pfeilspitze auf. »Sollen wir etwa mit einer weißen Fahne ankommen und mit diesen Schurken verhandeln?«

»Brüllt mich nicht so an!«, erwiderte Vanez scharf. »Ich kann es ebenso wenig abwarten wie Ihr, es ihnen heimzuzahlen. Aber es wird ein Pyrrhussieg, wenn wir auf den Nahkampf setzen.«

»Wenn das nun mal die einzige Möglichkeit ist, einen Sieg davonzutragen, haben wir keine andere Wahl«, murmelte der greise Paris niedergeschlagen.

In der Stille, die auf diese Worte folgte, fragte ich Seba leise, was ein Pyrrhussieg sei. »Ein Sieg, der zu teuer erkauft wurde«, raunte er. »Wenn wir die Vampyre vernichten, dabei jedoch sechzig oder siebzig unserer eigenen Leute einbüßen, ist der Sieg wertlos. Es ist das oberste Gebot jeder guten Kriegsführung, die eigene Armee unter keinen Umständen so zu schwächen, dass sie sich nicht mehr davon erholt.«

»Mir ist da noch etwas eingefallen«, ergriff Paris abermals das Wort. »Wie wäre es, wenn wir die Eindringlinge einfach verjagen? Wenn wir beim Anmarsch möglichst viel Lärm machen, nehmen sie bestimmt die Beine unter die Arme. Die Vampyre sind zwar keine Feiglinge, aber Dummköpfe sind sie auch nicht. Sie würden sich nicht auf eine Schlacht einlassen, die sie ihrer Meinung nach nicht gewinnen können.«

Protestgemurmel erhob sich. Die meisten Vampire schienen solche Tricks für feige zu halten. Sie zogen einen offenen, ehrlichen Kampf vor.

»Ich gebe ja zu, es ist nicht die ehrenvollste Lösung«, übertönte Paris die Menge. »Aber es wäre immer noch möglich, im Freien weiterzukämpfen. Zwar würden die meisten wahrscheinlich entkommen, doch wir könnten genug gefangen nehmen und töten, um ihnen eine Lektion zu erteilen, die sie nicht so bald vergessen.«

»Da ist was dran«, brummte Mika, und die Zuhörer beruhigten sich wieder. »Mir geht Paris' Vorschlag zwar auch gegen den Strich, aber wenn es nur die beiden Möglichkeiten gibt, entweder die meisten Vampyre laufen zu lassen oder vierzig bis fünfzig der Unsrigen zu opfern ...«

Die ersten Zuhörer nickten, wenn auch widerwillig. Paris bat Pfeilspitze um seine Meinung. »Die Sache hat einen Haken«, schnarrte der kahlköpfige Fürst. »Die Vampyre halten sich nicht an unsere Gesetze. Wenn sie erst einmal im Freien sind, können sie huschen, und dann schnappen wir keinen Einzigen von ihnen.« (»Huschen« nennen die Vampire ihre spezielle, superschnelle Art der Fortbewegung. Es ist von alters her streng verboten, auf der Anreise zum Vampirberg oder bei der Heimreise zu huschen.)

»Wenn ich noch Obervampir wäre«, fuhr Pfeilspitze fort, »würde ich mich niemals auf einen Plan einlassen, bei dem eine so große Anzahl Feinde ungeschoren davonkommt. Lieber würde ich kämpfen und sterben, als dem Feind einen billigen Triumph zu gönnen.« Er seufzte resigniert. »Aber als Fürst muss ich das Wohl der Sippe über mein eigenes Bedürfnis nach Vergeltung stellen. Wenn niemandem sonst etwas einfällt, wie wir die Vampyre ablenken und damit den Boden für einen Frontalangriff bereiten können, bin ich damit einverstanden, sie zu täuschen und zu verjagen.«

Da kein Gegenvorschlag laut wurde, riefen die Fürsten die ranghöchsten Obervampire zu sich und besprachen mit ihnen, wie man die Vampyre am besten vertrieb und wo sie ihre Leute draußen vor dem Ausgang am günstigsten postierten. Es herrschte eine bedrückte Stimmung, die meisten Vampire saßen zusammengesunken in ihren Bänken und ließen enttäuscht die Köpfe hängen.
»Der Plan gefällt ihnen nicht«, raunte ich Seba zu.
»Mir auch nicht«, erwiderte er, »aber unter derartig heiklen Umständen müssen wir unseren Stolz zurückstellen. Wir können es uns nicht leisten, so viele Leute zu verlieren. Manchmal muss man auf die Stimme der Vernunft hören, so bitter das auch sein mag.«
Ich war genauso schlechter Laune wie die anderen Vampire. Für den Mord an meinem Freund Gavner Purl verlangte es mich nach blutiger Rache. Den Vampyren lediglich einen kleinen Denkzettel zu verpassen befriedigte mich nicht. Zwar hatte ich ihren ursprünglichen Plan vereitelt, die Fürstenhalle zu erobern, doch das allein war nicht genug. Ich sah schon Kurdas grinsendes Gesicht vor mir, wenn er von unserer diplomatischen Entscheidung erfuhr.
Als ich so dastand und vor mich hin schmollte, sah ich aus dem Augenwinkel, wie ein kleines Insekt in Madame Octas Käfig schwirrte und sich in einem Netz verfing, das die Spinne in einer Ecke

gewebt hatte. Mein Schützling reagierte augenblicklich. Sie näherte sich dem zappelnden Opfer und machte ihm ohne viel Federlesens den Garaus. Geistesabwesend beobachtete ich das Geschehen. Da kam mir plötzlich eine verrückte Idee.

Während ich den Blick noch auf die schmausende Spinne gerichtet hielt, liefen meine grauen Zellen zu Höchstform auf und entwarfen in Sekundenschnelle einen Plan. Er war simpel, aber wirkungsvoll, wie jeder richtig gute Plan.

Ich musste mich auf die Zehenspitzen stellen und dreimal räuspern, bevor es mir gelang, Mr. Crepsleys Aufmerksamkeit zu erregen. »Ja, Darren?«, fragte er müde.

»Entschuldigung«, sagte ich laut, »aber ich glaube, ich weiß, wie wir die Vampyre in Angst und Schrecken versetzen können.«

Die Unterhaltung verebbte, und alles drehte sich nach mir um. Unaufgefordert ging ich nach vorn und fing ziemlich nervös zu sprechen an.

Während ich meinen Einfall darlegte, breitete sich auf den Gesichtern der Vampire ein Grinsen aus. Als ich fertig war, lachten die meisten laut und jubelten schadenfroh über meine raffinierte Strategie.

Die Abstimmung ging rasch über die Bühne. Die Anwesenden wurden aufgefordert, ihre Meinung zu äußern, und brüllten ihre Zustimmung heraus.

Daraufhin begannen die Fürsten und Obervampire unverzüglich damit, den Trupp der Angreifer einzuteilen. Seba, Mr. Crepsley und ich verließen den Raum, um unsere eigene Armee zu sammeln und auf ihren ersten Einsatz vorzubereiten, der in einem Kriegsfilm zweifellos »Operation Spinne« geheißen hätte!

KAPITEL 15

Unser erstes Ziel war die Höhle der Ba'Halens-Spinnen, in die mich Seba nach der Prüfung auf dem Nadelpfad gebracht hatte, um meine juckenden Wunden zu kurieren. Der alte Quartiermeister betrat das Gewölbe als Erster; Madame Octa hockte auf seinem linken Handteller. Als er wieder herauskam, war seine Hand leer, seine Miene grimmig und seine Augen halb geschlossen.

»Hat es geklappt?«, wollte ich wissen. »Ist es Ihnen gelungen …«

Mit einer schroffen Handbewegung brachte mich der alte Vampir zum Schweigen. Er schloss die Augen ganz und konzentrierte sich angestrengt. Kurz darauf krabbelte Madame Octa aus der Höhle, gefolgt von einer fremden Spinne mit hellgrau geflecktem Rücken. Ich erkannte sie sofort wieder: Bei unserem ersten Besuch in der Höhle hatte sie sich nur höchst unwillig von meinem Schützling getrennt.

Der Graugefleckten folgten weitere Exemplare der nur leicht giftigen, wild lebenden Spinnen, die in dieser Höhle ihr Stammquartier hatten. Bald strömte ein dichtes Gewusel von Achtfüßlern aus dem Gewölbe und scharte sich um unsere Füße. Seba dirigierte sie, indem er ihnen mittels Gedankenübertragung Befehle erteilte.

»Nun übergebe ich euch beiden das Kommando«, verkündete der Alte kurz darauf. »Larten, du übernimmst die Spinnen rechts von mir, Darren, du die zu meiner Linken.«

Wir nickten gehorsam und betrachteten unsere jeweiligen Truppen. Mr. Crepsley konnte sich genau wie Seba mit seinen Untergebenen ohne technische Hilfsmittel verständigen; ich dagegen benötigte meine Flöte, um mit den Tieren Verbindung aufzunehmen. Probehalber setzte ich das Instrument an die Lippen und blies ein paar Mal hinein. Es fiel mir schwerer als früher, da mein rechter Daumen immer noch schief war, aber ich lernte rasch, diese kleine Behinderung auszugleichen.

Dann blickte ich wieder Seba an und wartete auf seine Anweisungen.

»Jetzt«, sagte er leise.

Ich spielte eine liebliche Melodie und übermittelte den Spinnen dabei immer wieder dieselbe Botschaft: »Bleibt, wo ihr seid. So ist's gut, meine Lieben, so ist's gut.«

Als Seba mit seiner Gedankenübertragung aufhörte, wurde der Schwarm unruhig, war jedoch kurz darauf bereit, nunmehr meine Befehle und die meines Meisters zu empfangen. Bald hatten sich die Tiere auf unsere Gehirnströme eingestellt und beruhigten sich wieder.

»Ausgezeichnet«, lobte der ehrwürdige Quartiermeister. Er setzte sich in Bewegung, wobei er Acht gab, nicht aus Versehen eine Spinne zu zertreten. »Ich lasse euch jetzt mit ihnen allein und mache mich auf die Suche nach weiteren Exemplaren. Ihr bringt diesen Schwarm zum vereinbarten Treffpunkt und wartet dort auf mich. Falls sich welche von ihnen aus dem Staub machen wollen, braucht ihr nur Madame Octa zu bitten, sie wieder einzufangen. Ihr gehorchen sie garantiert.«

Seba entschwand unseren Blicken, und Mr. Crepsley und ich sahen einander skeptisch an. »Du brauchst nicht die ganze Zeit zu spielen«, meinte mein Meister dann. »Ab und zu ein paar Töne und Befehle reichen völlig. Sie werden uns ganz von selbst folgen. Heb dir die Flöte lieber für Nachzügler oder Unruhestifter auf.«

Ich setzte das Instrument ab und befeuchtete meine Lippen mit der Zunge. »Gehen wir vorneweg oder hinterher?«, erkundigte ich mich.

»Vorneweg«, beschied mich mein Lehrmeister. »Aber behalte die Tiere im Auge und stell dich darauf ein, dass ein paar auszureißen versuchen. Dann musst du sie eventuell doch an dir vorbeiziehen lassen und hinterhergehen, und zwar möglichst, ohne dabei den ganzen Schwarm aufzuhalten.«

»Ich werde mich anstrengen«, nickte ich und begann wieder zu spielen. Und so zogen wir los: Mr. Crepsley ging neben mir, die Spinnen krabbelten hinter uns her. Sobald die Tunnel geräumiger wurden, legten wir mehr Abstand zwischen uns, damit die Spinnen zwei voneinander getrennte Heeresgruppen bildeten.

Unter den Achtfüßlern für Disziplin zu sorgen war längst nicht so schwierig, wie ich befürchtet hatte. Zwar machten einige von ihnen ab und zu Ärger, gingen auf ihre Artgenossen los oder versuchten auszubüxen, aber Madame Octa schaffte es jedes Mal, sie wieder zur Ordnung zu rufen. Sie schien ihre Rolle als meine Assistentin regelrecht zu genießen und patrouillierte sogar unaufgefordert an den Reihen entlang. Sie hätte einen prima Obervampir abgegeben!

Als wir in der großen Höhle angekommen waren, die wir zu unserem Stützpunkt erkoren hatten, ließen wir die Spinnen einen Kreis bilden, hockten uns in die Mitte und warteten auf Seba.

Der alte Quartiermeister traf mit einem weiteren Spinnenheer ein, das noch einmal fast halb so groß war wie unseres. »Wo haben Sie die denn alle aufgetrieben?«, erkundigte ich mich neugierig.

»Dieser Berg wimmelt nur so von Spinnen«, erklärte der betagte Vampir lächelnd. »Man muss nur wissen, wo man suchen soll.« Er setzte sich zu uns. »Übrigens muss ich zugeben, dass selbst ich noch nie so viele auf einmal gesehen habe. Das bringt sogar einen hartgesottenen Spinnenliebhaber wie mich ein bisschen aus der Fassung.«

»Geht mir nicht anders«, gestand Mr. Crepsley. Dann lachte er: »Wenn die Viecher schon uns drei so nervös machen, wie werden dann erst die überraschten Vampyre reagieren?«

»Das dürfte sich bald herausstellen«, kicherte Seba hämisch.

Während wir so herumsaßen und auf weitere Anweisungen der Fürsten warteten, borgte sich mein Lehrmeister die Flöte aus und hantierte daran herum. Als er sie mir wieder aushändigte, gab sie keinen Ton mehr von sich. Auf diese Weise war die Gefahr gebannt, dass mein Spiel die Vampyre warnte; die Spinnen wiederum vermissten die Musik nicht. Nach den unzähligen Auftritten mit Madame Octa im Cirque Du Freak benutzte ich die Flöte rein aus Gewohnheit.

Nach endlosem Warten in der ungemütlichen Höhle hörten wir endlich einen Trupp Vampire vorübereilen. Kurz darauf erschien Pfeilspitze und näherte sich zögernd dem wogenden Meer von Vielbeinern. Bei ihrem Anblick schien er sich gar nicht wohl in seiner Haut zu fühlen. In jeder Hand trug er einen schweren Bumerang mit geschliffenen Enden, drei weitere baumelten an seinem Gürtel. Bumerangs waren seine Lieblingswaffen. »Wir sind so weit«, zischte er. »Die Vampyre lungern noch immer in der Höhle herum. Unsere Leute haben Stellung bezogen. Draußen herrscht strahlender Sonnenschein. Es kann losgehen.«

Gehorsam standen wir auf.

»Du weißt, was du zu tun hast?«, vergewisserte sich mein Meister ein letztes Mal.

»Ich gehe mit meinen Spinnen ins Freie«, wiederholte ich. »Dort nähere ich mich dem Tunnelausgang, wobei ich aufpasse, dass mich niemand sieht. Sie und Seba postieren derweil Ihre Spinnen in den Ritzen und Löchern in Wänden und Decke der Vampyrhöhle, halten sie aber so lange zurück, bis ich meinen das Signal zum Angriff gegeben habe. Ich hetze meinen Schwarm auf die Wachen am Ausgang. Sobald Sie den Tumult hören, schicken Sie Ihren Trupp in die Höhle hinein – und dann wird's lustig!«

»Du musst unbedingt so lange warten, bis unsere Spinnen ihre Plätze eingenommen haben«, schärfte mir Seba ein. »Es wird viel Zeit und Mühe kosten, sie zu dirigieren, wenn wir sie nicht mehr sehen können.«

»Ich hab's nicht eilig«, versicherte ich. »Sind drei Stunden genug?«

»Das müsste reichen«, erwiderte der Quartier-

meister, und auch Mr. Crepsley nickte bestätigend.
Wir gaben uns die Hand und wünschten einander viel Glück, dann scharte ich meine Untergebenen um mich (es war die kleinste der drei Armeen, da sie am wenigsten zu tun hatte) und strebte in Richtung Ausgang.
Am wolkenlosen Himmel schien blendend hell die Sonne. Das war günstig: Aus Angst vor den tödlichen Strahlen würden sich die Vampyrposten nicht ins Freie trauen.
Etwa vierzig Meter vor dem Tunnelausgang machte ich Halt. Ich wartete ab, bis sich meine achtbeinigen Krieger um mich versammelt hatten, dann ließ ich sie weiterkrabbeln. Im Schneckentempo bewegten wir uns bergab, bis wir ungefähr zehn Meter oberhalb der Tunnelöffnung angelangt waren. Dort versteckten wir uns hinter einem großen Felsvorsprung, der perfekten Sichtschutz bot. Näher wagte ich mich nicht heran.
Ich legte mich auf den Rücken und blickte in den Himmel. Zum einen hatte man mir den Außeneinsatz übertragen, weil er weniger kompliziert war als der Angriff im Bergesinneren, zum anderen machte mir, anders als den vollwertigen Vampiren, die Sonne nichts aus. Bei Tag anzugreifen war eine wichtige Voraussetzung für das Gelingen der Aktion. Aus Furcht vor der Hellig-

keit würden die Vampyre zögern, den Berg zu verlassen; doch für die angreifenden Vampire war das gleißende Gestirn genauso gefährlich wie für ihre Erzfeinde. Ich war der Einzige, der sich ungestraft längere Zeit im Freien aufhalten konnte.

Nach etwas über drei Stunden blies ich schließlich tonlos in meine Flöte und befahl den Spinnen, sich zunächst über das Gelände zu verteilen, bevor ich das Signal zum Angriff gab. Genau genommen nahmen nur die Spinnen den Kampf auf, ich selbst blieb hinter dem Felsen verborgen. Ich ließ die Tiere sich im Halbkreis um den Tunnelausgang aufstellen. Hier draußen sahen sie ziemlich unscheinbar aus, doch wenn sie erst massenweise in die Höhle der Vampyre strömten, würden sie zahlreicher und bedrohlicher erscheinen. Es ist eine Tatsache, dass beengte Räumlichkeiten natürliche Ängste noch verstärken. Mit etwas Glück würden sich die Vampyre umzingelt wähnen und entsprechend in Panik geraten.

Ich wartete einen Augenblick, bis alle Krabbler ihre Plätze eingenommen hatten. Dann blies ich wieder in die verstummte Flöte. Der Spinnenschwarm ergoss sich geräuschlos in den Tunnel. Es waren so viele, dass sie nicht nur den Boden, sondern auch Wände und Decke des Ganges bevölkerten. Wenn alles wie geplant verlief, würden die Vampyre glauben, der ganze Tunnel sei plötzlich lebendig geworden.

Obwohl ich strikten Befehl hatte, mich nicht von der Stelle zu rühren, erlag ich der Versuchung, mich näher heranzuschleichen und zu überprüfen, ob der Trick funktionierte. Ich legte mich flach auf den steinigen Boden, robbte bäuchlings bis über die Tunnelöffnung und lauschte.

Zuerst hörte ich nur das schnaufende, gleichmäßige Atmen der Vampyrposten, die sich offenbar tiefer in den Berg zurückgezogen hatten als angenommen. Gerade fragte ich mich, ob meine Hilfstruppen womöglich die Gelegenheit genutzt hatten, sich unbeobachtet aus dem Staub zu machen und in ihre ureigensten Gefilde zurückzukehren, da grunzte eine Vampyrstimme: »He! Hab ich was mit den Augen, oder bewegen sich die Wände?«

Seine Kameraden lachten. »So'n Blöd...«, fing einer an, doch dann unterbrach er sich. »Bei den Göttern ...«, keuchte er.

»Was ist das?«, rief ein anderer entsetzt aus. »Was geht hier vor?«

»Sieht aus wie Spinnen«, brummte ein Gelassenerer.

»Das sind ja Tausende!«, quiekte ein Vierter ungläubig.

»Ob die giftig sind?«, fragte der Nächste.

»Ach Quatsch«, entgegnete wieder derjenige, der

sich nicht aus der Ruhe bringen ließ. »Das sind bloß gewöhnliche Bergspinnen. Die tun …«

In diesem Moment blies ich kräftig in die stumme Flöte und befahl den Spinnen: »Jetzt!«

Aus dem Tunnel ertönten Schreie.

»Die lassen sich fallen!«, heulte jemand auf.

»Sie sind überall auf mir drauf! Macht sie weg! Macht sie weg! Macht sie …«

»Reiß dich zusammen«, brüllte der Besonnene. »Streif sie einfach ab und … Aaahhhh!« Er jaulte auf, als mehrere Spinnen gleichzeitig zubissen.

Einzelne Exemplare dieser Spinnenart waren tatsächlich ziemlich harmlos, und ihre Bisse hatten nur eine schwache Wirkung. Aber wenn Hunderte von ihnen gleichzeitig ihr Gift verspritzten … dann sah die Sache schon ganz anders aus!

Vor Angst und Schmerz brüllend, flohen die Vampyrposten in Richtung Ausgang, wobei sie wie verrückt nach den Spinnen schlugen und traten. Ihnen folgten andere, die sich in der Höhle aufgehalten hatten und nachsehen wollten, was da auf einmal im Gang los war. Ich sprang von meinem Beobachtungsposten, schlich geduckt in den Tunnel und befahl dabei meinen vielbeinigen Kriegern weiterzukrabbeln. Sie gehorchten unverzüglich und scheuchten die Vampyre in die Höhle zurück. Innerhalb kürzester Zeit hallte die Höhle vom Geschrei und Getrampel der zusammengepferchten Vampyre wider, als sich nunmehr auch Sebas und Mr. Crepsleys Truppen von Wänden und Decke herabließen und an ihr tödliches Werk machten.

Die Schlacht hatte begonnen.

KAPITEL 16

Eigentlich hatte ich mich ja nicht in den Kampf einmischen sollen, doch die Raserei der entsetzten Vampyre reizte meine Neugier so sehr, dass ich, ohne groß zu überlegen, weiterschlich, um zu beobachten, was dort in der Höhle vor sich ging.

Das Schauspiel, das sich mir bot, war geradezu unglaublich. Der Höhlenboden, sämtliche Wände und vor allen Dingen die außer Rand und Band geratenen Vampyre waren über und über mit Spinnen bedeckt. Wie Zeichentrickfiguren hüpften die rotgesichtigen Kerle schreiend und kreischend auf und ab und versuchten verzweifelt, sich gegen den Überfall zur Wehr zu setzen. Einige von ihnen griffen zu ihren Schwertern und Speeren, die zu diesem Zweck jedoch denkbar ungeeignet waren; die kleinen Angreifer duckten sich mühelos unter den wütenden Hieben weg und sprangen auf jedes freie Stück Haut, das sie entdeckten, um sofort ihre Giftzähne hineinzubohren. Die tobenden Vampyre richteten mit ihren Waffen fast ebenso viel Schaden an wie die Spinnen. Da sie blind um sich schlugen, erwisch-

ten sie auch immer wieder ihre Kameraden, von denen sie mehrere verwundeten und einige sogar töteten.
Ein paar Umsichtigere unter ihnen bemühten sich darum, die Situation unter Kontrolle zu bekommen, und forderten die anderen brüllend auf, den Spinnen in geordneter Formation entgegenzutreten. Doch ihre Anstrengungen gingen im allgemeinen Tohuwabohu hoffnungslos unter. Ihre Mitstreiter hörten ihnen nicht einmal zu und stießen sie manchmal einfach zur Seite, wenn sie einzuschreiten versuchten.
Als die Panik ihren Höhepunkt erreicht hatte, sprangen Blitz und die beiden jüngeren Wölfe unter möglichst lautem Kläffen, Heulen und Knurren von der anderen Seite in die Höhle. Ich glaube nicht, dass sie jemand dazu aufgefordert hatte; sie kamen aus eigenem Antrieb, begierig darauf, an dem Gemetzel teilzuhaben.
Als die Vampyre nun auch noch die Wölfe sahen, drehten sich etliche von ihnen um und rannten auf den Ausgang zu. Sie waren dermaßen bedient, dass ihnen im Vergleich zu den Schrecknissen der Höhle selbst das tödliche Sonnenlicht als das kleinere Übel vorkam! Mein erster Gedanke war, ihnen auszuweichen und sie vorbeizulassen, aber inzwischen war meine eigene Kampfeslust entbrannt, das Adrenalin pulsierte durch meinen Körper. Ich wollte sie, falls das möglich war, zu-

rückschlagen oder wenigstens aufhalten, damit sie mit dem Rest ihrer verabscheuungswürdigen Sippe elendiglich zu Grunde gingen. Zu jenem Zeitpunkt konnte ich nur noch an Rache denken. Alles andere spielte keine Rolle mehr.
Ich sah mich um und erblickte einen Speer, den einer der Wachposten bei der überstürzten Flucht fallen gelassen hatte. Rasch hob ich ihn auf, klemmte das Schaftende in einen Spalt im Boden und richtete die Spitze auf die heranstürmenden Vampyre. Als mich der Anführer erblickte, versuchte er noch, dem Speer auszuweichen, doch die Nachdrängenden schoben ihn unweigerlich weiter, so dass er mit kaum gebremster Wucht in die Waffe hineinrannte und sich ohne mein weiteres Zutun selbst aufspießte.
Ich sprang auf, stieß den Vampyr mit einer groben Bewegung zur Seite, zog den Speer aus seiner Brust und brüllte die Nachfolgenden grimmig an. Sie glaubten wohl, dieser Fluchtweg sei von einer ganzen Horde wütender Vampire versperrt, denn sie machten auf der Stelle kehrt und rasten wieder zurück. Mit triumphierendem Lachen wollte ich sofort hinter ihnen hersetzen, um meiner Trophäensammlung weitere Skalpe hinzuzufügen. Doch als mein Blick den Vampyr streifte, der in meinen Speer gerannt war, erstarrte ich mitten im Lauf.
Der Kerl war noch jung, sein Gesicht erst hellrot

getönt. Er weinte und gab ein leises Wimmern von sich. Ich konnte nicht anders, ich musste mich neben ihn knien. »Es … tut so weh!«, keuchte er, die von Blut roten Hände auf das große und tiefe Loch in seinem Bauch gepresst. Ich wusste, dass der Fall hoffnungslos war.

»Es ist nicht so schlimm«, log ich ihn an. »Nur eine Fleischwunde. Du kannst bald wieder auf …«

Bevor ich weiterreden konnte, fing er an zu husten. Ein gewaltiger Schwall Blut schoss aus seinem Mund. Seine Augen weiteten sich, dann schlossen sich die Lider. Er stöhnte leise, sackte nach hinten, zitterte und starb.

Ich hatte ihn getötet.

Diese Erkenntnis erschütterte mich bis ins Mark. Noch nie zuvor hatte ich jemanden getötet. Obwohl ich darauf gebrannt hatte, die Vampyre für das, was sie Gavner angetan hatten, zu bestrafen, machte ich mir erst jetzt Gedanken über die Konsequenzen meiner Handlungen. Dieser Vampyr – dieses Lebewesen – war tot. Ich hatte ihm das Leben genommen und konnte es nicht wieder zurückgeben.

Vielleicht hatte er den Tod verdient. Womöglich war er durch und durch böse und musste dringend vernichtet werden. Andererseits war er vielleicht ein ganz normaler Kerl, so wie ich oder einer der Vampire, und nur hier, weil er seine Befehle befolgt hatte. Aber ob er den Tod nun

verdient hatte oder nicht – wie kam ich dazu, darüber zu entscheiden? Ich hatte kein Recht, ein Urteil über andere zu fällen und sie zu töten. Trotzdem hatte ich es getan. Aufgeputscht von der Angst vor den Vampyren und nach Rache dürstend, hatte ich mein Herz über meinen Verstand siegen lassen, hatte meine Waffe gegen diesen Mann erhoben und ihn umgebracht.
Jetzt verabscheute ich mich für das, was ich getan hatte. Ich wollte mich auf der Stelle umdrehen und davonlaufen, so weit weg wie möglich, und so tun, als wäre es nie geschehen. Ich kam mir schändlich, schmutzig und böse vor. Schließlich versuchte ich mich mit dem Gedanken zu trösten, dass ich das Richtige getan hatte, aber wie soll man zwischen richtig und falsch unterscheiden, wenn es ums Töten geht? Bestimmt war auch Kurda davon überzeugt gewesen, das Richtige zu tun, als er Gavner erstach. Die Vampyre wiederum glaubten, das Richtige zu tun, wenn sie die Menschen, von deren Blut sie sich ernährten, bis auf den letzten Tropfen aussaugten. Von welcher Warte aus ich es auch betrachtete, mich beschlich der schreckliche Verdacht, dass ich nun nicht besser war als jeder andere Mörder, ein Mitglied einer üblen, heimtückischen, abscheulichen Brut.
Nur mein Pflichtgefühl ließ mich an Ort und Stelle verharren. Ich wusste, dass die Vampire jeden

Augenblick angreifen würden. Meine Aufgabe bestand darin, die Spinnen bis dahin in Bewegung zu halten, damit sich unsere Gegner nicht neu formieren und der Attacke geschlossen entgegentreten konnten. Wenn ich meinen Posten jetzt verließ, würden die Vampire ebenso große Verluste wie die Vampyre erleiden. Ganz gleich, wie elend ich mich auch fühlte, ich musste den größeren Zusammenhang im Auge behalten.

Deshalb schob ich mir wieder die Flöte zwischen die Lippen, spielte unhörbar und feuerte die Spinnen an, damit sie erneut über die Vampyre herfielen. Die ganze Szenerie sah jetzt, da ich ein Leben ausgelöscht hatte, völlig anders aus. Es bereitete mir kein Vergnügen mehr, die Vampyre kreischen und wild um sich schlagen zu sehen, ja, ich betrachtete sie nicht einmal mehr als die schurkischen Bösewichter, die endlich ihre verdiente Strafe bekamen. Stattdessen sah ich entsetzte und gedemütigte Krieger vor mir, weit entfernt von ihrer Heimat und ihren Verbündeten – Kämpfer, die kurz davor standen, unbarmherzig abgeschlachtet zu werden.

Auf dem Höhepunkt der Hysterie griffen die Vampire an, angeführt von dem laut brüllenden Pfeilspitze, der seine scharfkantigen Bumerangs einen nach dem anderen gegen die Vampyre schleuderte. Jeder Einzelne davon riss eine klaffende Wunde. Neben und hinter ihm stürmten

Speerträger heran, und auch ihre treffsicher geschleuderten Waffen richteten großen Schaden an und forderten viele Vampyrleben.

Als immer mehr Vampire in die Höhle drängten, zogen sich die Spinnen auf Anweisung von Mr. Crepsley und Seba zurück, die beide nach wie vor unsichtbar blieben. Ich ließ meine Spinnen noch eine Weile länger vor Ort und hielt die Panik auf meiner Seite der Höhle aufrecht.

Binnen kürzester Zeit waren die Vampire bis in die Höhlenmitte vorgedrungen, und die mit Schwertern und Messern Bewaffneten nahmen den Platz der Speerwerfer ein. Sie waren nicht besonders zahlreich, denn allzu viele hätten sich auf dem begrenzten Raum nur gegenseitig im Weg gestanden; doch die ungefähr dreißig Kämpfer, die eingedrungen waren, wirkten im Vergleich zu den vom Grauen gepackten Vampyren weitaus in der Überzahl. Es schien, als kämen auf jeden Feind fünf Vampire.

Pfeilspitze steckte mitten im ärgsten Getümmel und schlug mit seinen Schwertern ebenso gnadenlos und gründlich dazwischen wie vorher mit seinen Bumerangs. Vanez Blane hielt sich in unmittelbarer Nähe des Fürsten auf und gab ihm mit aufblitzenden Messern Rückendeckung. So aufgeschreckt sie von den Spinnen und Wölfen auch waren, so rasch erkannten die Vampyre, woher ihnen die größte Gefahr drohte, und zogen sich

eilig von dem nüchtern und wirkungsvoll mordenden Kämpferduo zurück.
Auch Arra Sails gehörte zur ersten Angriffswelle. Sie war ganz in ihrem Element, griff die Vampyre mit einem kurzen Schwert in der einen und einer mit Dornen bewehrten Kette in der anderen an, und jedes Mal, wenn einer ihrer Gegner zu Boden ging, lachte sie wild. Noch wenige Minuten zuvor hätte ich ihr Verhalten rückhaltlos gebilligt, doch inzwischen verspürte ich angesichts des Entzückens, das sie und die anderen Vampire bei ihrem Vernichtungswerk empfanden, nur noch blankes Entsetzen.
»Das ist nicht richtig«, murmelte ich vor mich hin. Die Vampyre zu töten war eine Sache, die nun mal erledigt werden musste, aber sich an ihrem Untergang zu ergötzen war falsch. Es lag etwas zutiefst Beunruhigendes darin, die Vampire dabei zu beobachten, welch makabre Befriedigung sie aus dem Massaker zogen.
Verwirrt, wie ich war, kam ich zu dem Schluss, dass ich mich am besten ins Getümmel stürzte und mitkämpfte. Je früher wir den Vampyren den Garaus machten, desto eher konnte ich diesem Grauen den Rücken kehren. Also nahm ich dem Mann, den ich getötet hatte, seinen scharfen Dolch ab, pfiff meine Spinnen zurück, ließ die Flöte fallen und warf mich in das Hauen und Stechen.

Dabei hielt ich mich eher am Rande der Schlacht und zielte nach den Füßen oder Beinen der Vampyre, lenkte sie ab und erleichterte meinen Mitstreitern die Arbeit, unsere Feinde zu entwaffnen und zu töten. Der Erfolg meines Tuns verschaffte mir keine Befriedigung, aber ich kämpfte trotzdem immer weiter, fest entschlossen, die Sache so rasch wie möglich zu beenden.

Ich sah, wie Mr. Crepsley und Seba Nile mit wallenden roten Umhängen die Höhle betraten, voller Ungeduld, endlich selbst an dem großen Blutvergießen teilnehmen zu dürfen. Ich machte ihnen wegen ihrer Mordlust keine Vorwürfe. Keinem der Vampire. Ich fand einfach nur, dass sie fehl am Platz und ungebührlich war.

Nachdem sich Mr. Crepsley und Seba Nile eingemischt hatten, nahm der Kampf an Heftigkeit zu. Nur die stärksten und besonnensten Vampyre hatten die erste, völlig planlose Abwehr des Überraschungsangriffs überlebt und fochten nun verbissen bis zum bitteren Ende, hielten ihre Stellung, so gut es ging, manche allein, andere zu zweit, und nahmen so viele Vampire mit in den Tod wie möglich.

Ich betrachtete, wie die ersten Vampire zu Boden gingen, mit aufgeschlitzten Bäuchen oder eingeschlagenen Schädeln, blutend und stöhnend, vor Schmerzen brüllend. Ich beobachtete, wie sie sterbend und blutüberströmt auf dem Boden la-

gen, und sie sahen dabei nicht anders aus als die Vampyre.
Als die ersten Kämpfer der zweiten Angriffswelle der Vampire in die Höhle stürmten, klopfte Vanez Pfeilspitze auf den Rücken und forderte ihn auf, die Höhle zu verlassen. »Was, ich soll schon gehen?«, fuhr ihn der Fürst an. »Jetzt wird's doch erst richtig interessant!«
»Ihr müsst weg!«, fuhr ihn Vanez an und zerrte den sich sträubenden Pfeilspitze aus dem Kampfgetümmel. »Jetzt ist Mika an der Reihe, seine Klinge mit Blut zu benetzen. Ihr geht zurück in die Fürstenhalle und löst Paris ab, wie Ihr es versprochen habt. Ihr hattet mehr als Euren Anteil an der Schlacht. Seid nicht so maßlos.«
Widerwillig entfernte sich Pfeilspitze. Unterwegs kam er an Mika vorbei, und die beiden klopften sich gegenseitig auf den Rücken, als käme der eine gerade von der Ersatzbank am Rande des Fußballplatzes, um für den anderen ins Spiel zu gehen.
»Ziemlich widerwärtig, was?«, knurrte Vanez, der plötzlich neben mir stand. Er schwitzte heftig und machte eine kleine Pause, um sich die Hände an seinem Wams abzuwischen, während die Schlacht rings um uns weitertobte.
»Es ist grauenhaft«, murmelte ich und hielt mein Messer wie ein Kreuz vor mich.
»Du dürftest gar nicht dabei sein«, erwiderte

Vanez. »Larten wäre bestimmt nicht damit einverstanden, wenn er es wüsste.«
»Ich mache es ja nicht zum Spaß«, sagte ich.
Er schaute mir tief in die Augen und seufzte. »Das sehe ich. Du lernst schnell, Darren.«
»Wie meinen Sie das?«
Er deutete auf die kämpfenden, johlenden Vampire. »Für die ist das alles eine Art Sport«, lachte er bitter. »Sie vergessen, dass die Vampyre einst unsere Brüder waren, dass wir, wenn wir sie vernichten, eigentlich einen Teil von uns selbst vernichten. Die meisten Vampire begreifen nicht einmal, wie sinnlos und brutal Krieg eigentlich ist. Du warst klug genug, die Wahrheit zu erkennen. Vergiss sie nie.«
Ein sterbender Vampyr kam direkt auf uns zugetaumelt. Man hatte ihm brutal beide Augen aus den Höhlen geschnitten, und er stöhnte ganz erbärmlich.
Vanez schnappte ihn sich, drückte ihn zu Boden und bereitete ihm ein rasches, gnädiges Ende. Als er sich wieder aufrichtete, glich sein Gesicht einer zornigen Maske. »Aber so schrecklich der Krieg auch ist«, sagte er, »manchmal lässt er sich nicht vermeiden. Wir haben diese Auseinandersetzung nicht gesucht. Erinnere dich später daran und wirf uns unser brutales Vorgehen nicht vor. Wir wurden dazu gezwungen.«
»Das weiß ich ja«, seufzte ich. »Es wäre mir nur

lieber, es gäbe einen anderen Weg, die Vampyre zu bestrafen, anstatt sie in Stücke zu hauen.«

»Du gehst jetzt besser«, schlug Vanez vor. »Jetzt fängt nämlich die wirklich schmutzige Arbeit an. Zieh dich in die Hallen zurück und betrink dich, bis du alles hier vergessen hast.«

»Vielleicht mache ich das sogar«, stimmte ich ihm zu und wandte mich zum Gehen, ließ Vanez und die anderen zurück, damit sie die letzten widerspenstigen Vampyre niedermachten. Da erblickte ich ein bekanntes Gesicht in der Menge – einen Vampyr mit einem dunkelroten Muttermal auf der linken Wange. Es dauerte einen Augenblick, bis mir sein Name wieder einfiel: Es war Glalda, derjenige, der mit Kurda im Tunnel gesprochen hatte, als Gavner ermordet wurde. Er hatte mich ebenso wie Gavner umbringen wollen. Hass flammte in meiner Brust auf, und ich musste dem Drang widerstehen, mich sofort wieder in die Schlacht zu werfen.

Nachdem ich das Gemetzel ein Stück hinter mir gelassen hatte, hätte ich eigentlich unbemerkt entwischen können, doch plötzlich verstellte mir eine Horde Vampire den Weg. Sie standen um einen verwundeten Vampyr herum und verhöhnten ihn, bevor sie über ihn herfielen, um ihn zu töten.

Angewidert von ihrem Treiben, sah ich mich nach einem anderen Ausweg aus der Höhle um. Dabei

fiel mein Blick auf Arra Sails, die sich gerade vordrängte, um den Vampyr namens Glalda zu stellen. Obwohl bereits zwei Vampire tot zu seinen Füßen lagen, schob sich Arra unbeirrt auf ihn zu.
»Mach dich zum Sterben bereit, du Wurm!«, gellte sie und ließ ihre Kette nach seinem Arm schnellen.
Glalda wischte das Kettenende mit einem Lachen beiseite. »Müssen die Vampire jetzt schon Weiber in den Kampf schicken?«, spottete er.
»Den Vampyren gebührt nichts anderes, als von Frauen abgeschlachtet zu werden«, gab Arra zurück. »Ihr seid es nicht wert, gegen Männer anzutreten und ehrenvoll zu sterben. Stell dir nur die Schande vor, wenn sich herumspricht, dass du von der Hand einer Frau niedergestreckt wurdest!«
»Das wäre allerdings schändlich«, pflichtete ihr Glalda bei, »aber es wird nicht geschehen!«
Die beiden hatten genug Worte gewechselt und fingen nun an, gewaltige Hiebe auszutauschen. Mich hatte es ohnehin erstaunt, dass sie sich so viel Zeit für Beschimpfungen genommen hatten, denn die anderen Kämpfer waren viel zu sehr damit beschäftigt, am Leben zu bleiben, als herumzustehen und einander wie Filmhelden mit Worten zu bekriegen. Arra und der Vampyr umkreisten einander vorsichtig, ließen ihre Waffen hin und wieder vorzucken, um die Schwachpunkte

des Gegners zu erkunden. Glalda mochte wohl überrascht gewesen sein, sich einer Frau gegenüberzusehen, doch er behandelte seine Widersacherin mit vorsichtigem Respekt. Arra hingegen verhielt sich leichtsinniger. Sie hatte gleich zu Beginn der Attacke auf die Höhle mehrere in Panik geratene Vampyre niedergestreckt und glaubte wohl, dass alle so leicht zu bezwingen seien wie ihre ersten Opfer. Sie ließ leichthin Lücken in ihrer Verteidigung klaffen und ging unnötige Risiken ein.

Eigentlich hatte ich der Beengtheit der Höhle so schnell wie möglich entkommen wollen, konnte mich jedoch nicht zum Gehen durchringen, bevor ich diesen Zweikampf nicht bis zum bitteren Ende mit angesehen hatte. Arra war mir eine gute Freundin gewesen und hatte mich überall gesucht, als ich plötzlich verschwunden war. Ich wollte mich nicht davonstehlen, bevor ich nicht wusste, dass sie wohlauf war.

Auch Mr. Crepsley hielt inne, um Arra kämpfen zu sehen. Er stand ein Stück weit entfernt und war durch eine Meute ineinander verkeilter Vampyre und Vampire von ihr getrennt. »Arra!«, rief er laut. »Brauchst du Hilfe?«

»Ich doch nicht!«, lachte sie und ließ ihre Kette auf das Gesicht des Vampyrs zuschnellen. »Ich mache mit diesem Narren hier kurzen Prozess, bevor du ...«

Welche Prahlerei sie auch hatte äußern wollen, das Wort wurde ihr buchstäblich abgeschnitten. Glalda hatte sich unter ihrer Kette weggeduckt, lenkte ihren Abwehrschlag zur Seite und bohrte sein Schwert tief in ihren Bauch, wo er es brutal umdrehte. Arra schrie vor Schmerzen laut auf und ging zu Boden.

»Und jetzt, Weib«, höhnte der Vampyr und stellte sich mit erhobenem Schwert breitbeinig über sie, »pass gut auf. Ich zeige dir, wie wir Vampyre mit deinesgleichen verfahren!« Dann zielte er mit der Schwertspitze auf ihre Augen und senkte die Waffe langsam. Arra blieb nichts anderes übrig, als ihn hasserfüllt anzufunkeln und den Tod zu erwarten.

KAPITEL 17

Ich konnte nicht einfach tatenlos zusehen, wie Glalda Arra umbrachte. Mit einem Satz warf ich mich gegen den Vampyr und brachte ihn aus dem Gleichgewicht. Fluchend kam er zu Fall und drehte sich zur Seite, um mit mir abzurechnen. Doch mit meinem leichten Dolch war ich schneller als er mit seinem klobigen Schwert. Ich sprang auf seine Brust, rammte ihm die Klinge zwischen die Rippen und erwischte eher zufällig genau sein Herz.

Dieser Vampyr starb nicht so leise wie der erste, den ich getötet hatte. Er zuckte und gab unverständliches, geradezu irres Gefasel von sich, dann wälzte er sich jäh auf die Seite und riss mich mit. Noch einmal versuchte er, auf die Beine zu kommen. Es war hoffnungslos, und ihm muss klar gewesen sein, dass er sterben musste. Trotzdem unternahm er einen letzten Versuch.

Als seine Beine nachgaben, brach er über mir zusammen und hätte mich beinahe mit dem Griff meines eigenen Dolches aufgespießt. Zuckend und stöhnend lag er auf mir, und ich rang verzweifelt nach Luft, bis es mir schließlich gelang, ihn von mir herunterzuwälzen und unter ihm hervorzukriechen. Ich richtete mich auf, sah, wie sich seine Züge entspannten und das Leben aus seinem Körper wich. Dann hielt ich inne und betrachtete ihn genau. Sein Gesichtsausdruck war dem von Gavner sehr ähnlich – verblüfft ... ärgerlich ... angstvoll.

Ich drückte dem toten Krieger sanft die Augen zu und machte mit der Hand den Todesgruß, indem ich ihm meine drei mittleren Finger auf Stirn und Augen drückte und dabei Daumen und kleinen Finger weit abspreizte. »Sei siegreich noch im Tod«, flüsterte ich.

Dann eilte ich zu Arra hinüber. Es ging ihr sehr schlecht. Sie versuchte aufzustehen, doch ich hinderte sie daran und befahl ihr, die Hände auf den Bauch zu pressen, um den Blutstrom zu unterbinden.

»Muss ich ... sterben?«, keuchte Arra mit vor Schmerz zusammengepressten, schmalen Lippen.

»Natürlich nicht«, sagte ich besänftigend, woraufhin sie meine Hände ergriff und mich anfunkelte.

»Muss ich sterben?«, blaffte sie mich an.

»Ich weiß nicht«, antwortete ich diesmal ehrlich. »Vielleicht.«

Sie seufzte und ließ sich zurücksinken. »Zumindest sterbe ich nicht ungerächt. Du bist ein

tapferer Krieger, Darren Shan. Ein richtiger Vampir.«
»Vielen Dank«, sagte ich dumpf.
Nun war auch Mr. Crepsley heran. Voller Sorge untersuchte er Arra und rieb die Wundränder mit Speichel ein, um die Blutung zu stillen, doch seine Bemühungen schienen keine große Wirkung zu zeigen. »Tut es weh?«, fragte er.
»Wenn wir gerade beim Thema ... blöde Fragen sind ...«, gurgelte sie.
»Du hast immer gesagt, ich hätte ein echtes Talent für Fettnäpfchen aller Art«, lächelte er und wischte ihr zärtlich das Blut aus den Mundwinkeln.
»Was die blöden Fragen angeht: Ich würde dich eigentlich gern darum bitten, mich zu küssen«, stöhnte sie, »nur bin ich ... momentan ... nicht unbedingt in ... der richtigen Verfassung dafür.«
»Wir haben später noch mehr als genug Zeit zum Küssen«, versprach er ihr.
»Schon möglich«, ächzte Arra. »Schon möglich.«
Während sich Mr. Crepsley um die Vampirin kümmerte, setzte ich mich auf und sah benommen zu, wie die Schlacht ihrem blutigen Ende entgegenging. Nicht mehr als sechs oder sieben Vampyre waren noch auf den Beinen, jeder von ihnen von mehreren meiner Mitstreiter umzingelt. Eigentlich hätten sie sich ergeben müssen, aber ich wusste, dass sie das nicht tun würden. Sowohl für Vampire als auch für Vampyre gab es nur zwei

Möglichkeiten: siegen oder sterben. Die stolzen Legionen der Untoten kannten keine Kompromisse.

Plötzlich wagten zwei Vampyre, die Rücken an Rücken gekämpft hatten, einen Ausfall in Richtung Ausgang. Sofort machte sich eine Horde Vampire, unter ihnen Vanez Blane, daran, ihnen den Weg abzuschneiden. Sie verhinderten den Ausbruch, doch einem der Vampyre gelang es, voller hasserfüllter Verzweiflung seinen Dolch zu schleudern, bevor die Vampire über ihm waren und ihn töteten. Der Dolch sauste wie eine ferngelenkte Rakete auf sein wehrloses Ziel zu – Vanez!

Der Wettkampfaufseher riss den Kopf zurück und hätte es auch fast geschafft, dem Dolch auszuweichen, war jedoch nicht schnell genug, so fuhr die Spitze der Klinge ausgerechnet in sein heiles Auge. Blut spritzte auf, Vanez stieß ein lautes Heulen aus und schlug die Hände vors Gesicht, während Seba Nile auch schon zu ihm eilte, um ihn in Sicherheit zu bringen.

So wie er geschrien hatte, wusste ich sofort, dass Vanez, sollte er die Verwundung überleben, nie wieder das Licht des Mondes oder das Funkeln der Sterne sehen würde. Der Vampyr hatte das Werk zu Ende gebracht, das einst ein Löwe begonnen hatte. Nun war Vanez völlig blind.

Traurig blickte ich mich um. Ich sah, wie Blitz am

Kopf eines noch lebenden Vampyrs kaute. Einer der jüngeren Wölfe half ihm dabei. Ich hielt nach dem anderen heißblütigen Tier Ausschau und entdeckte ihn mit aufgerissenem Bauch tot vor einer Felswand, die Fänge zu einem starren, bösartigen Grinsen gebleckt.

Paris Skyle erschien auf dem Schlachtfeld und nahm Pfeilspitzes Platz ein. Der schon recht betagte Fürst schwenkte einen dicken Knüppel, dessen beide Enden wie Holzpfähle zugespitzt waren. Er schien weniger Gefallen an dem Gemetzel zu finden als seine jüngeren Gefährten, beteiligte sich aber trotzdem am allgemeinen Blutvergießen und ging auf einen der letzten Vampyre zu. Weder forderte er die Gegner auf, sich zu ergeben, noch seine eigenen Leute, die verbliebenen tapferen Kämpfer lebendig gefangen zu nehmen. Vielleicht war es ja besser so. Wer von den Vampyren noch einigermaßen unversehrt in Gefangenschaft geriet – es gab immerhin einige –, dem blieb ohnehin nur die Aussicht auf die Todeshalle, wo man ihn zur Belustigung der Menge johlender Vampire auf Pfähle spießen würde. Vor diese Wahl gestellt, zogen es die Vampyre vor, ehrenvoll im Kampf zu sterben.

Schließlich neigte sich die Schlacht ihrem grausigen Ende zu. Der letzte Gegner wurde niedergemacht und starb mit dem donnernden Fluch »Die Dämonen sollen euch holen!« auf den Lippen.

Anschließend machten sich die Sieger daran, das Schlachtfeld aufzuräumen. Die Vampire gingen mit routinemäßiger Gründlichkeit vor. Obervampire, die noch vor wenigen Augenblicken Äxte und Schwerter geschwungen hatten, halfen nun verletzten Mitstreitern auf die Beine und führten sie weg, damit sie versorgt wurden, wobei sie unterwegs scherzten, über die Schlacht redeten und die Verwundeten von ihren Schmerzen ablenkten. Andere trugen die Toten zusammen, zuerst die gefallenen Vampire, dann die Vampyre. Sie legten sie auf unterschiedliche Haufen, von wo sie von den unheimlichen Hütern des Blutes (die bereits während der Schlacht draußen vor der Höhle gewartet haben mussten) weggebracht und für die Einäscherung vorbereitet wurden.

Alle diese Arbeiten wurden gut gelaunt verrichtet. Es machte den Oberen überhaupt nichts aus, dass wir selbst neun oder zehn Gefährten verloren hatten (die genaue Zahl der Verluste belief sich später, nachdem auch noch einige der Schwerverletzten gestorben waren, auf insgesamt zwölf). Die Schlacht war gewonnen, die Vampyre besiegt und der Berg wieder sicher. Nach Meinung der Vampire hatten sie das Problem gelöst und die Gefahr abgewendet.

Für Arra musste eine Trage geholt werden; sie konnte unmöglich auf eigenen Füßen gehen. Beim Warten war sie immer stiller geworden und starrte an die Höhlendecke, als betrachtete sie ein Gemälde. »Darren«, flüsterte sie.

»Ja?«

»Weißt du noch ... wie ich dich ... auf den Planken besiegt habe?«

»Aber klar«, lächelte ich.

»Du hast ... dich damals ... wacker geschlagen.«

»Nicht wacker genug«, gluckste ich matt.

Hustend wandte sie sich an Mr. Crepsley. »Pass auf, dass sie ihn nicht umbringen, Larten!«, zischte sie. »Ich selbst war ... eine von denen, die ... die seinen Tod gefordert haben ... als er bei den Prüfungen versagt hat. Aber du musst ihnen sagen, dass sie ... ihn verschonen sollen. Er ist ... ein trefflicher Vampir. Er hat sich ... seine Begnadigung verdient. Sag ihnen das!«

»Das kannst du ihnen persönlich sagen«, antwortete Mr. Crepsley, wobei ihm Tränen über die Wangen liefen – eine Gefühlsregung, die ich bei ihm meines Wissens noch nie gesehen hatte. »Du wirst wieder gesund. Ich bringe dich in die Fürstenhalle, dort kannst du selbst für ihn sprechen.«

»Vielleicht«, seufzte Arra. »Aber wenn nicht ... dann tust du es für mich, ja? Du musst ihnen ausrichten ... was ich eben gesagt habe. Versprich mir, dass du ihn beschützt!«

Mr. Crepsley nickte stumm.

Die Trage kam, und Arra wurde von zwei Vampiren darauf gehoben. Mr. Crepsley ging neben ihr her, hielt ihre Hand und versuchte sie zu trösten. Mit der freien Hand winkte sie mir mit dem Todesgruß, dann zwinkerte sie mir zu und lachte auf, wobei ihr Blut aus dem Mund sprühte.

Einige Stunden später, kurz bevor die Sonne am winterlichen Himmel unterging, schloss Arra Sails trotz aller Bemühungen der Sanitäter die Augen, machte ihren Frieden mit den Göttern der Vampire, tat ihren letzten Atemzug … und starb.

KAPITEL 18

Am Abend, nachdem mich die Nachricht vom Tode Arras erreicht hatte, ging ich noch einmal in die Höhle zurück und versuchte, die ganze Sache auf die Reihe zu kriegen. Sämtliche Vampire waren weg. Die gruseligen Hüter des Blutes hatten alle Leichen weggeschafft. Sogar die vielen zertrampelten Spinnen waren entfernt worden. Nur das Blut war noch da, große, hässliche Pfützen Blut. Blut, das in den Bodenritzen versickerte, an den Wänden trocknete und von der Decke tropfte.

Ich kratzte mir die von Staub, getrocknetem Blut und Tränen verkrusteten Wangen, betrachtete die Zufallsmuster, die das Blut beim Gerinnen auf dem Boden und an den Wänden gebildet hatte, und dachte noch einmal über die Schlacht und die Toten nach, die ich zu verantworten hatte. Während ich dem Geräusch des tropfenden Blutes lauschte, hörte ich noch einmal die Schreie der Vampyre und Vampire und das Stöhnen der Sterbenden, sah noch einmal, wie Seba den blinden Vanez wegführte, hatte die Begeisterung vor Augen, mit der die Kämpfer aufeinander losgegangen waren, erinnerte mich an Glaldas Gesichtsausdruck, als ich ihn tötete, und an Arra, wie sie mir beim Wegtragen zuzwinkerte.

»Was dagegen, wenn ich dir Gesellschaft leiste?«, fragte jemand.

Ich blickte auf und sah den betagten Quartiermeister des Vampirberges. Seba Nile humpelte, denn auch er hatte im Kampf etwas abbekommen.

»Keineswegs«, erwiderte ich dumpf, und er hockte sich neben mich.

Eine Weile schauten wir uns einfach nur schweigend in der rot gesprenkelten Höhle um. Schließlich erkundigte ich mich bei Seba, ob er schon von Arras Tod erfahren habe.

»Ja«, erwiderte er leise und legte mir tröstend eine Hand aufs Knie. »Du darfst nicht zu sehr um sie trauern, Darren. Sie ist stolz gestorben, so wie sie es sich gewünscht hätte.«

»Sie ist auf dumme, blödsinnige Weise gestorben!«, erwiderte ich unwirsch.

»So darfst du nicht reden«, wies mich Seba sanft zurecht.

»Warum nicht?«, rief ich. »Es ist die Wahrheit! Dieser ganze Kampf war Blödsinn, ausgeführt von dummen Leuten!«

»Arra hat das ganz anders gesehen«, meinte Seba. »Sie hat ihr Leben für diesen ›dummen Kampf‹ gegeben, ebenso wie viele andere.«

»Genau deshalb ist das alles ja so dumm«, stöhnte ich. »Wir hätten die Vampyre verjagen können. Wir hätten nicht hier herunterkommen und sie in Stücke hauen müssen.«

»Wenn ich mich nicht total irre«, gab Seba zu bedenken, »war es deine großartige Idee mit den Spinnen, die überhaupt erst den Boden für unseren Angriff bereitet hat.«

»Vielen Dank, dass Sie mich daran erinnern«, sagte ich sarkastisch und verfiel wieder in Schweigen.

»Du darfst dir das nicht so zu Herzen nehmen«, redete Seba weiter. »Kämpfen gehört nun mal zu unserer Wesensart. Es ist unsere Methode, miteinander abzurechnen. Für Uneingeweihte mag es wie ein barbarisches Blutbad aussehen, aber wir haben richtig gehandelt. Die Vampyre hatten unseren Untergang geplant. Es hieß: entweder sie oder wir. Aber das weißt du wohl besser als jeder andere – schließlich warst du dabei, als sie Gavner Purl umbrachten.«

»Schon«, seufzte ich. »Ich behaupte auch nicht, dass sie es nicht verdient hätten. Aber was hat sie überhaupt hergeführt? Warum sind sie in den Berg eingedrungen?«

Seba zuckte die Achseln. »Wenn wir die Überlebenden verhört haben, sind wir bestimmt schlauer.«

»Sie meinen: gefoltert«, schnaubte ich verächtlich.

»Wenn du es unbedingt so ausdrücken willst …«

»Na prima«, fuhr ich dann ironisch fort. »Wir foltern sie und erfahren dabei vielleicht, dass sie uns einfach nur so überfallen haben, um uns zu überrumpeln und den Berg zu übernehmen. Dann ist alles wieder in Ordnung, und wir können erhobenen Hauptes umherstolzieren und uns gegenseitig auf die Schulter klopfen. Wenn sie uns aber nicht deswegen angegriffen haben – was dann?«, bohrte ich weiter. »Was, wenn sie einen ganz anderen Grund hatten?«

»Zum Beispiel?«

»Keine Ahnung. Ich habe keinen blassen Schimmer, wie die Vampyre denken und was sie zu ihrem Tun veranlasst. Der Punkt ist jedoch der: Auch Sie und die anderen Vampire kennen die Antwort nicht. Dieser Angriff kam für alle völlig überraschend, oder etwa nicht?«

»Er kam unerwartet«, nickte Seba zustimmend. »Die Vampyre haben uns noch nie zuvor so hinterrücks überfallen. Selbst damals, als sie abtrünnig wurden, kümmerten sie sich nur darum, ihre eigene Gesellschaftsordnung aufzubauen, und nicht darum, die unsere zu untergraben.«

»Warum also haben sie es jetzt getan?«, fragte ich abermals. »Wissen Sie es?«

»Nein.«

»Sehen Sie!«, rief ich. »Sie wissen es nicht, ich weiß es nicht, und die Fürsten wissen es auch nicht.« Ich richtete mich auf den Knien auf und sah ihm direkt in die Augen. »Finden Sie nicht, dass jemand diese Frage hätte stellen müssen? Wir sind einfach hier heruntergestürmt und haben sie niedergemetzelt, und keiner von uns ist auf den Gedanken gekommen, sie nach ihren Absichten zu fragen. Wir haben uns wie wilde Tiere aufgeführt.«

»Für Fragen war keine Zeit«, meinte Seba hartnäckig, aber ich sah genau, dass ihn meine Worte beunruhigten.

»Das mag wohl sein«, erwiderte ich. »Jetzt vielleicht nicht. Aber was war vor sechs Monaten? Vor einem Jahr? Vor zehn Jahren? Vor hundert Jahren? Kurda war der Einzige, der Kontakt zu den Vampyren aufgenommen und versucht hat, sie zu verstehen. Warum hat ihn niemand unterstützt? Warum wurden keine Versuche unternommen, sich mit ihnen zu versöhnen, um Vorfälle wie diesen zu verhindern?«

»Du verteidigst Kurda Smahlt?«, fragte Seba angewidert.

»Nein. Er hat uns verraten. Dafür gibt es keine Entschuldigung. Ich behaupte nur, wenn wir uns die Mühe gemacht hätten, die Vampyre besser kennen zu lernen, hätte Kurda womöglich keinen Grund gehabt, uns zu verraten. Vielleicht haben wir ihn erst dazu getrieben.«

»Deine Art zu denken verwirrt mich«, sagte Seba.

»Das liegt wahrscheinlich daran, dass du noch mehr Mensch als Vampir bist. Mit der Zeit wirst du die Dinge so wie wir sehen, und dann …«

»Nein!« Empört sprang ich auf. »Ich will die Dinge nicht so wie ihr sehen. Weil ihr sie falsch seht. Ich bewundere die Tapferkeit, die Ehrenhaftigkeit und die Treue der Vampire, und ich möchte gern einer der Euren werden. Aber nicht, wenn das einer Preisgabe an die Dummheit gleichkommt, nicht, wenn es bedeutet, Verstand und gesundem Urteilsvermögen den Rücken zuzukehren, nicht, wenn es bedeutet, ein Blutbad wie das von heute in Kauf zu nehmen, nur weil meine Anführer zu stolz dazu sind, sich mit den Vampyren an einen Tisch zu setzen und ihre Meinungsverschiedenheiten aus dem Weg zu räumen.«

»Vielleicht ist es ja unmöglich, diese Art ›Meinungsverschiedenheiten aus dem Weg zu räumen‹«, warf Seba ein.

»Trotzdem hätte man wenigstens den Versuch unternehmen müssen. Die Fürsten hätten es zumindest probieren müssen.«

Seba schüttelte müde den Kopf. »Vielleicht hast du Recht. Ich bin alt und der Vergangenheit verhaftet. Ich erinnere mich noch an die Zeiten, als uns Vampiren keine Wahl blieb: töten oder getötet werden, kämpfen oder untergehen. Von meinem Standpunkt aus war die heutige Schlacht brutal und grausam, aber nicht schlimmer als zahllose

andere, deren Zeuge ich im Lauf der Jahrhunderte geworden bin.«
Nach einer kurzen Pause fuhr er fort: »Trotzdem muss auch ich zugeben, dass sich die Zeiten geändert haben. Vielleicht ist es angebracht, dass auch wir uns ändern.« Er lächelte. »Wer aber soll uns einen Weg aus unserer finsteren Vergangenheit aufzeigen? Kurda verkörperte unsere Zukunft. Vielleicht hätte er unsere Denkungsart, unsere ganze Natur verändern können. Doch jetzt, nachdem er sich so schändlich benommen hat ... wer soll nun das Wort für eine neue Welt und ihre Anforderungen ergreifen?«
»Das weiß ich auch nicht«, erwiderte ich. »Aber irgendjemand sollte es tun. Andernfalls wird sich nie etwas ändern, und Vorfälle wie dieser werden sich immer und immer wieder wiederholen, bis die Vampire die Vampyre ausgelöscht haben – oder umgekehrt.«
»Das sind schwergewichtige Überlegungen.« Seba erhob sich seufzend und massierte sich den verletzten linken Oberschenkel. »Wie auch immer, ich bin nicht hergekommen, um mit dir über die Zukunft zu reden. Wir müssen eine dringlichere und weniger problematische Entscheidung fällen.«
»Wovon reden Sie?«
Er zeigte auf den Boden, und erst jetzt sah ich, dass Madame Octa und die Spinne mit den hell-

grauen Flecken auf dem Rücken direkt hinter uns kauerten. »Der Kampf hat viele unserer achtbeinigen Freunde das Leben gekostet«, sagte Seba. »Die beiden hier gehören zu den Überlebenden. Sie hätten mit den anderen davonhuschen können, doch sie sind dageblieben, als warteten sie auf weitere Anweisungen.«

»Glauben Sie, der Bursche da ist in sie verknallt?« Ich zeigte auf die grau getupfte Spinne und vergaß einen Augenblick lang meine düsteren Gedanken.

»Sieht ganz so aus«, grinste Seba. »Ich glaube nicht, dass es bei Spinnen so etwas wie Liebe in unserem Sinne gibt. Aber er ist während der ganzen Schlacht nicht von ihrer Seite gewichen und auch danach nicht, als sie sich zum Bleiben entschlossen hat. Ich glaube, die beiden wollen sich paaren.«

Bei der absurden Vorstellung, wie Madame Octa in einem kleinen weißen Brautkleid den Mittelgang einer Kirche entlangschritt und Mr. Crepsley am anderen Ende auf sie wartete, um sie zu vermählen, musste ich unwillkürlich grinsen.

»Meinen Sie, ich sollte ihn in ihren Käfig setzen?«, fragte ich.

»Eigentlich dachte ich eher daran, sie freizulassen, damit sie sich irgendwo mit ihm ein Nest bauen kann. Ich bin prinzipiell dagegen, wilde Tiere in Gefangenschaft zu halten, es sei denn, es ist dringend notwendig.«

»Ich soll sie freilassen?« Ich kaute an meiner Oberlippe und dachte nach. »Und wenn sie nun jemanden beißt?«

»Ich glaube nicht, dass sie das tut«, meinte der alte Vampir. »Hier im Berg mit seinen unzähligen Gängen und Höhlen findet sie mehr als genug zu fressen. Warum sollte sie sich freiwillig dort hinbegeben, wo sie Menschen oder Vampiren gefährlich werden könnte?«

»Was ist mit den Nachkommen? Wenn sie sich vermehrt, könnte sie die Urmutter einer wahren Armee von Giftspinnen werden.«

»Das bezweifle ich«, lächelte Seba. »Selbst wenn sie mit den Ba'Halens-Spinnen Nachwuchs bekommen sollte, wären ihre Kinder wahrscheinlich nicht giftiger als deren Väter.«

Ich dachte noch eine Weile darüber nach. Seba hatte schon einmal vorgeschlagen, Madame Octa freizulassen. Damals hatte ich ihm widersprochen. Doch nach allem, was die Spinne inzwischen durchgemacht hatte, erschien es mir durchaus angebracht, ihr die Freiheit zu schenken. »Na schön«, brummte ich. »Sie haben mich überzeugt.«

»Willst du dich nicht erst bei Larten rückversichern?«

»Ich glaube, der hat jetzt andere Probleme«, erwiderte ich und dachte an Arra.

»Also gut«, nickte Seba. »Willst du ihr die gute

Nachricht überbringen, oder soll ich das übernehmen?«

»Das mache ich selbst. Einen Augenblick noch. Ich hole nur rasch meine Flöte.«

Ich fand die Flöte dort, wo ich sie fallen gelassen hatte, dann eilte ich zurück, schob sie mir zwischen die Lippen, blies einige stumme Töne und übermittelte Madame Octa gedanklich: »Lauf. Du bist frei. Du kannst gehen.«

Die Spinne zögerte, dann krabbelte sie davon, und die grau gefleckte Bergspinne folgte ihr sofort. Seba und ich sahen den beiden nach, bis sie in einem Spalt in der Höhlenwand verschwunden waren. Ohne Madame Octa hätte ich niemals Mr. Crepsleys Bekanntschaft gemacht. Sie war dafür verantwortlich, dass sich damals mein ganzes Leben so radikal veränderte. Obwohl ich die Spinne, nachdem sie meinen besten Freund Steve Leopard gebissen hatte, nie mehr so richtig hatte leiden können, kam ich mir mit einem Mal merkwürdig einsam vor, jetzt, nachdem sie für immer aus meinem Leben gekrabbelt war. Es war fast so, als hätte ich einen lieben Freund verloren.

Ich schüttelte meine eigenartige Stimmung ab, legte die Flöte auf den Boden – jetzt brauchte ich sie ja nicht mehr – und teilte Seba mit, dass ich wieder zu den Hallen zurückwollte. Ohne ein weiteres Wort zu wechseln, drehten wir dem Schauplatz der verheerenden Schlacht den Rücken zu und verließen die Höhle wie zwei Gespenster. Zurück blieben nur die blutigen Pfützen, die mit der Zeit gerinnen und schließlich trocknen würden.

KAPITEL 19

In meiner Schlafkammer angekommen, ließ ich mich in meinen blutverkrusteten Kleidern in die Hängematte fallen. Nachdem ich so lange auf hartem Untergrund geschlafen hatte, erschien sie mir geradezu paradiesisch, und es dauerte nicht lange, bis ich tief und fest eingeschlummert war. Ich schlief die ganze Nacht hindurch und wachte erst am nächsten Morgen auf. Draußen in den Korridoren war alles ruhig. Harkat war schon munter und wartete darauf, dass ich endlich aufstand.

»Hab gehört … du hast … zwei Vampyre … erledigt«, begrüßte er mich, reichte mir einen Eimer kaltes Wasser, ein kratziges Handtuch und einen Satz frische Kleider. Statt einer Antwort grunzte ich nur, zog mich aus und wusch mir das angetrocknete, schuppige Blut ab.

»Die Vampire … wollten mich … nicht dabeihaben. War mir … eigentlich auch lieber so. Die Vorstellung … andere zu töten … gefällt mir nicht.«

»Da gibt's auch nichts, was einem gefallen könnte«, stimmte ich ihm zu.

»War's … sehr schlimm?«, erkundigte er sich vorsichtig.
»Ich möchte lieber nicht darüber reden.«
»Gut. Ich werd … nicht mehr danach … fragen.«
Dankbar lächelte ich ihn an, tauchte meinen kahl rasierten Schädel in den Eimer, zog ihn wieder heraus, schüttelte mich wie ein nasser Hund, schrubbte mich gründlich hinter den Ohren und erkundigte mich dann nach Mr. Crepsley. Das grüne Leuchten in Harkats runden Augen glomm auf. »Er ist immer noch … bei Arra. Weigert sich … von ihrer Seite … zu weichen. Seba ist bei … ihm und versucht … ihn zu trösten.«
»Meinst du, ich sollte zu ihm gehen und mit ihm reden?«
Harkat schüttelte den Kopf. »Nein … noch nicht. Später … braucht er dich … bestimmt. Aber jetzt … lass ihn lieber … alleine trauern.«
Ich trocknete mich ab und erkundigte mich nach Vanez und den anderen Vampiren, doch über sie konnte mir Harkat kaum Auskunft geben. Er wusste nur, dass mindestens zehn Vampire gestorben und noch mehr schwer verwundet waren, aber um wen es sich dabei handelte, hatte sich noch nicht bis zu ihm herumgesprochen.
Sobald ich mich angezogen hatte, begleitete ich Harkat in die Khledon-Lurt-Halle, wo ich einen Happen frühstückte, dann spazierten wir wieder in unsere Kammer und hielten uns den Rest des

Tages dort auf. Wir hätten uns auch unter die Vampire in der Halle mischen können, die in laute Jubelrufe ausgebrochen waren, als sie uns kommen sahen, aber ich hatte keine Lust, mir ihre wilden Geschichten über die Schlacht und die Vernichtung der Vampyre anzuhören.

Es war schon gegen Abend, als Mr. Crepsley in unsere Kammer wankte. Sein Gesicht war noch bleicher als sonst. Er ließ sich auf meine Hängematte sinken, schlug die Hände vors Gesicht und stöhnte laut. »Hast du es schon gehört?«, flüsterte er.

»Ja«, erwiderte ich und fügte nach einer kurzen Pause hinzu: »Herzliches Beileid.«

»Ich dachte, sie kommt durch«, seufzte er. »Mir war klar, dass die Wunde eigentlich tödlich war, aber sie hat entgegen aller Wahrscheinlichkeit so lange durchgehalten, dass ich dachte, sie schafft es.«

»Ist sie …« Ich räusperte mich. »Ist sie schon eingeäschert?«

Mein Lehrmeister schüttelte den Kopf. »Keiner von ihnen. Die Hüter des Blutes halten die Leichname mindestens zwei Nächte und Tage zurück, so ist es bei uns Brauch. Die Vampyre dagegen …« Er ließ die Hände sinken. Sein Gesichtsausdruck konnte einem Angst einjagen. »Die werden in diesem Augenblick den Flammen übergeben. Wir haben sie den Hütern weggenommen und in kleine Stücke zerhackt, damit ihre Seelen für immer an die Erde gefesselt bleiben. Auf diese Weise erreichen sie niemals das Paradies. Ich hoffe, dass sie bis in alle Ewigkeit hier unten verrotten.«

Ich spürte, dass dies nicht der richtige Zeitpunkt war, von dem Ekel zu erzählen, der mich in der Höhle befallen hatte, oder von meiner Überzeugung, dass die Vampire lernen müssten, Mitgefühl zu empfinden, also hielt ich meine Zunge im Zaum und nickte nur.

»Was ist ... mit Kurda und den ... anderen Überlebenden?«, wollte Harkat wissen.

»Mit denen rechnen wir später ab«, knurrte Mr. Crepsley. Seine Augen verengten sich zu schmalen Schlitzen. »Zuerst werden sie verhört, dann hingerichtet. Und ich werde dabei zusehen. Möchte von euch einer mitkommen?«

»Zum Verhör schon«, antwortete ich. »Was die Hinrichtung betrifft, bin ich mir nicht so sicher.«

»Ich verzichte ... auf beides«, winkte Harkat ab. »Ich finde ... ich wäre da ... fehl am Platz. Diese Angelegenheit geht ... nur Vampire ... etwas an.«

»Wie du willst«, sagte Mr. Crepsley. »Was ist mit den Bestattungen? Möchtet ihr euch noch von Arra verabschieden?«

»Selbstverständlich«, antwortete ich leise.

»Ich ... auch«, nickte Harkat.

Mr. Crepsleys Gesichtsausdruck wurde weicher,

als er den Namen seiner ehemaligen Gefährtin aussprach. »Nachdem wir aus der Höhle heraus waren, hat sie nicht mehr viel gesagt,«, flüsterte er, mehr zu sich selbst als zu Harkat oder mir. »Das Sprechen bereitete ihr große Schmerzen. Sie hat sich ihre Kraft aufgespart. Hat tapfer gekämpft. Sie hat sich so lange wie möglich an das Leben geklammert.«

Er nickte versonnen. »Die Sanitäter rechneten jeden Moment mit ihrem Tod. Jedes Mal, wenn ihr der Atem stockte, kamen sie gleich angerannt, um ihren Platz für andere Verwundete freizumachen. Aber sie hat nicht aufgegeben. Allmählich gewöhnten sie sich so an den falschen Alarm, dass sie kaum noch reagierten, als sie dann wirklich starb. Zwanzig Minuten lag sie ganz friedlich in meinen Armen und lächelte mich einfach nur erstaunt an.«

Seine Augen füllten sich mit dicken Tränen. Als sie ihm über die Wangen kullerten, reichte ich ihm einen Stofffetzen, aber er nahm ihn nicht. »Ihre letzten Worte habe ich nicht mehr richtig verstanden«, krächzte er mit brüchiger Stimme. »Sie hat so leise geredet. Ich glaube, es ging irgendwie um die Planken.«

»Haben Sie denn schon etwas Schlaf bekommen?«, fragte ich und fing dabei ebenfalls zu weinen an.

»Wie könnte ich schlafen?«, seufzte er. »Jetzt

müssen wir uns auf das Verhör der Ketzer vorbereiten. Kurdas Verurteilung möchte ich auf keinen Fall verpassen, und wenn ich dafür nie wieder schlafen dürfte.«

»Das ist doch lächerlich«, schalt ich ihn sanft. »Wann soll mit den Verhören begonnen werden?«

»Um Mitternacht«, schniefte er.

»Dann haben Sie ja noch jede Menge Zeit. Schlafen Sie ein bisschen. Ich wecke Sie rechtzeitig, und dann gehen wir zusammen hin.«

»Versprochen?«

»In so einer wichtigen Angelegenheit würde ich Sie niemals anlügen«, erwiderte ich.

Mr. Crepsley nickte, stand auf und ging zur Tür. Dort blieb er stehen und drehte sich noch einmal um. »Du hast dich unten in der Höhle wacker geschlagen, Darren. Und du hast großen Mut bewiesen. Ich bin sehr stolz auf dich.«

»Vielen Dank«, sagte ich und erstickte fast an meinen Tränen, die mir jetzt ungehemmt über das Gesicht liefen.

»Richtig stolz«, murmelte er noch einmal, dann verschwand er im Korridor und schlurfte wie ein alter, müder, gebrochener Mann in seine Kammer.

Später in der Nacht begann Kurda Smahlts Prozess.

Die Fürstenhalle war, ebenso wie die Höhle davor, mit aufgebrachten, erbitterten Vampiren restlos überfüllt. Praktisch jeder Vampir im Berg wollte an der Verhandlung teilnehmen, um den Verräter zu beschimpfen, ihn anzuspucken und letztlich seine Verurteilung zu bejubeln. Ich war mit Mr. Crepsley und Seba Nile hingegangen. Man wies uns Plätze in der ersten Reihe zu. Eigentlich hatten wir nicht damit gerechnet, so weit nach vorn zu kommen, denn wir waren ein wenig spät dran, doch ich erkannte schon bald, dass dieser Umstand kein Zufall war. Die Vampire schrieben einen Großteil ihres Sieges über die Vampyre meinem Einsatz zu. Kaum hatten sie mich erblickt, brachen sie in unverhohlenes Freudengebrüll aus, schoben mich und mit mir Mr. Crepsley und Seba bis nach ganz vorn und bestanden darauf, dass ich diesen Ehrenplatz annahm. Ich hätte mich lieber im Hintergrund aufgehalten und von dort aus das Geschehen verfolgt, doch mein Meister war geradezu versessen darauf, so nah wie möglich am Podium zu sitzen, und ich brachte es nicht übers Herz, ihn zu enttäuschen; nicht nach alledem, was er mit Arra durchgemacht hatte.
Die Verschwörer sollten einer nach dem anderen vorgeführt, einzeln verhört und verurteilt werden. Wenn sie offen Auskunft gaben und die Fürsten mit ihren Antworten zufrieden waren, wollte man sie direkt in die Todeshalle führen und

dort hinrichten. Verweigerten sie dagegen die Zusammenarbeit, würden sie weggebracht und gefoltert werden, in der Hoffnung, dass sie auf diese Weise ihre Geheimnisse preisgaben. Selbstverständlich wussten alle, dass Vampyre ebenso wie Vampire gewaltige Schmerzen aushalten können und ihr Wille so gut wie unmöglich zu brechen ist.

Der Erste, der sich dem Verhör stellen musste, war Kurda. Der in Ungnade gefallene Obervampir wurde in Ketten hereingeschleppt, vorbei an den Reihen höhnisch zischender und Verwünschungen ausstoßender Vampire. Manche schoben sogar seine Bewacher beiseite und schlugen oder traten ihn. Andere zogen brutal an seinen blonden Haaren und rissen ihm ganze Büschel davon aus. Als er das Podium erreicht hatte, bot er einen jammervollen Anblick: Seine weißen Gewänder waren völlig zerfetzt, und er blutete aus zahlreichen Wunden am ganzen Körper. Trotzdem hielt er den Kopf immer noch stolz gereckt und reagierte nicht auf die Beschimpfungen.

Auf dem Podium warteten die Fürsten auf ihn, flankiert von vier Wachen mit langen, spitzen Speeren. Er wurde bis vor das Triumvirat geführt, dessen Angehörige ihn einer nach dem anderen verächtlich anspuckten. Dann wurde er auf die Seite gebracht und umgedreht, damit auch die versammelten Vampire sein Gesicht sehen konnten. Zuerst konnte ich mich nicht überwinden, ihm in die Augen zu blicken, doch als ich schließlich den Mut dazu aufbrachte, merkte ich, dass er mit traurigem Lächeln zu mir herabschaute.

»Ruhe bitte!«, rief Mika Ver Leth und brachte die ungehalten buhenden Vampire zum Verstummen. »Wir haben eine lange Nacht vor uns. Wir wollen jeden einzelnen Fall möglichst rasch und problemlos abklären. Ich verstehe eure Entrüstung, aber ich lasse jeden, der das Verhör von Kurda Smahlt oder eines der anderen Angeklagten unterbricht, sofort des Saales verweisen. Habe ich mich klar genug ausgedrückt?«

Die Vampire murmelten dumpf und machten es sich in ihren Bänken bequem. Als wieder überall Ruhe eingekehrt war, erhob sich Paris Skyle und richtete das Wort an die Versammlung: »Wir alle wissen, weshalb wir hier sind«, sagte er leise. »Man hat uns verraten und unser Leben bedroht. Ich kann es ebenso wenig wie ihr erwarten, dass diese elenden Hunde für ihre Untaten büßen, aber zuerst wollen wir erfahren, warum sie uns überhaupt angegriffen haben und ob wir uns auf weitere solcher Überfälle gefasst machen müssen.« Seine Züge erstarrten zu einer unerbittlichen Maske, als er sich nun an Kurda wandte. »Warst du mit den Vampyren, die wir gestern getötet haben, im Bunde?«, fragte er.

Es folgte eine lange Pause. Schließlich nickte Kurda und antwortete: »Ja, so ist es.«

Mehrere Vampire brüllten unbeherrscht »Verfluchter Mörder!« und wurden sofort aus der Halle eskortiert. Die anderen saßen zitternd und mit bleichen Gesichtern auf ihren Plätzen und starrten Kurda hasserfüllt an.

»Auf wessen Befehl hast du das getan?«, fragte Paris.

»Auf meinen eigenen«, antwortete der Angeklagte.

»Lügner!«, polterte Pfeilspitze. »Sag uns sofort, wer dich dazu angestiftet hat, oder so wahr ich hier sitze werden wir …«

»Ich weiß genau, was Ihr dann tun werdet«, unterbrach ihn Kurda. »Keine Bange – ich habe keine Lust, mich der peinlichen Befragung durch Eure professionellen Folterer zu unterwerfen. Ich werde hier nichts als die Wahrheit sagen.«

»Das möchte ich dir auch geraten haben«, knurrte Pfeilspitze und ließ sich wieder auf seinen Thron sinken.

»Auf wessen Befehl hast du gehandelt?«, fragte Paris zum zweiten Mal.

»Auf meinen eigenen«, wiederholte Kurda. »Die ganze Sache war allein von mir geplant. Die Vampyre waren auf mein Geheiß hier. Ihr könnt mich foltern, so viel Ihr wollt, meine Antwort bleibt dieselbe, denn eine andere gibt es nicht. Das ist die Wahrheit.«

»Du hast dir diese Freveltat ausgedacht?«

Kurda nickte. »Ja. Ich habe dafür gesorgt, dass die Vampyre herkommen. Ich habe ihnen Kopien meiner Karten zugespielt, damit sie unbemerkt hier eindringen konnten. Ich …«
»Verräter!«, heulte ein Vampir und versuchte, sich auf das Podium zu schwingen, wurde jedoch von zwei Wachen abgefangen und schreiend und wild um sich tretend weggeschleppt.
»Ich könnte es schaffen«, zischte Mr. Crepsley, den Blick fest auf Kurda geheftet. »Ich wäre mit einem Satz bei ihm und hätte ihn erledigt, bevor mich jemand daran hindern könnte.«
Sobald das Gezeter der Protestierenden verstummt war, nahm Paris das Verhör wieder auf. »Entspricht es der Wahrheit, dass du vorhattest, die Vampyre nach deiner Ordination in die Fürstenhalle einzulassen, um die Kontrolle über den Stein des Blutes zu erlangen?«
»So ist es«, bestätigte Kurda ohne Umschweife. »Wir hätten die Abschlusszeremonie abgewartet. Während ihr euch bis zur Besinnungslosigkeit betrunken, über das Konzil schwadroniert und euch auf das nächste gefreut hättet, wäre ich mit ihnen durch geheime Gänge und Tunnel heraufgestiegen, hätte mit den Wachen kurzen Prozess gemacht und die Halle in meine Gewalt gebracht.«
»Aber du hättest sie niemals verteidigen können«, hielt ihm Paris entgegen. »Du musst doch gewusst

haben, dass Mika, Pfeilspitze und ich in jedem Fall die Türen aufgebrochen und euch letztendlich überwältigt hätten.«

»So weit wäre es gar nicht gekommen«, widersprach Kurda. »Zu diesem Zeitpunkt wärt ihr schon nicht mehr am Leben gewesen. Ich hätte euch nämlich alle drei vergiftet. Dazu hatte ich bereits sechs Flaschen eines besonders edlen Weins bereitgestellt, die alle mit einem tödlichen Gift präpariert sind. Die hätte ich euch dreien kurz vor der Zeremonie überreicht. Ihr hättet auf meine Gesundheit angestoßen, wärt ein oder zwei Stunden später krepiert, und die Halle wäre mein gewesen.«

»Und dann hättet ihr euch daran gemacht, den Rest des Clans auch noch aus dem Weg zu schaffen«, knurrte Pfeilspitze.

»Nein«, erwiderte Kurda. »Ich hätte mich daran gemacht, ihn zu retten.«

»Was soll denn das nun wieder heißen?«, fragte Paris überrascht.

»Hat sich denn keiner der hier Anwesenden gewundert, dass ich mir einen so ungeeigneten Moment für einen Angriff ausgesucht habe?« Kurda richtete die Frage an alle Anwesenden. »Kommt es euch nicht eigenartig vor, dass ich mich dazu entschlossen habe, ausgerechnet während eines Konzils eine Horde Vampyre in den Berg einzuschleusen – zu einer Zeit, da es in diesen Hallen und Gängen von Vampiren nur so wimmelt und die Chance, entdeckt zu werden, wesentlich größer ist als zwei oder drei Monate später?«

Paris sah ihn verwirrt an. »Ich habe angenommen, du wolltest zuschlagen, solange wir hier alle an einem Ort versammelt sind«, murmelte er.

»Weshalb denn?«, bohrte Kurda nach. »Der Plan bestand darin, sich in die Halle zu schleichen und den Stein in unsere Gewalt zu bringen, nicht aber, sich in eine Schlacht mit einer Armee von Vampiren zu verwickeln. Je mehr von euch sich im Berg aufhielten, desto schwieriger war die Durchführung unseres Plans.«

»Aha. Du wolltest es uns also mal richtig zeigen«, schnaubte Pfeilspitze. »Du wolltest auftrumpfen, um hinterher damit zu prahlen, dass du die Hallen während eines Konzils erobert hast.«

»Haltet ihr mich wirklich für so eitel?«, lachte Kurda. »Glaubt ihr, ich würde mein Leben aufs Spiel setzen, nur um hinterher besonders schneidig dazustehen? Ihr solltet nicht vergessen, dass ich anders als die meisten Vampire bin. Bei allem, was ich tue, behalte ich stets das Ergebnis im Auge; mir geht es nicht um einen eindrucksvollen Auftritt. Ich bin ein kaltblütiger Verschwörer, kein hitzköpfiger Aufschneider. Auch in dieser Angelegenheit war ich ausschließlich am Gelingen meines Vorhabens interessiert, nicht an einer möglichst effektvollen Darbietung.«

»Warum also hast du uns gerade zu diesem Zeitpunkt angegriffen?«, fragte Mika aufgebracht.
»Weil uns nicht mehr viel Zeit blieb«, seufzte Kurda. »Es hieß: jetzt oder nie. Wie schon gesagt, wollte ich unsere Sippe keinesfalls auslöschen, sondern vor dem drohenden Untergang retten. Unsere einzige Hoffnung lag in einem sofortigen Präventivschlag. Da mir und meinen Mitstreitern das nicht geglückt ist, fürchte ich, dass wir Vampire unwiderruflich dem Untergang geweiht sind.«
»Präventivschlag? Was soll dieser Unsinn?«, fuhr ihn Pfeilspitze giftig an. »Wir hatten nicht vor, die Vampyre zu überfallen.«
»Ich wollte keinem Überfall der Vampire auf die Vampyre zuvorkommen«, erklärte Kurda. »Es ging um einen Angriff der Vampyre gegen die Vampire.«
»Er spricht in Rätseln!« Pfeilspitze hielt es kaum noch auf seinem Sitz. »Er hat sich mit den Vampyren zusammengetan und uns angegriffen, um einen Angriff der Vampyre abzuwenden? So ein Schwachsinn!«
»Vielleicht ist er tatsächlich verrückt«, murmelte Mika ernst.
»Wenn es nur so wäre«, lachte Kurda bitter.
»So kommen wir nicht weiter«, knurrte Pfeilspitze. »Ich bin dafür, ihn nach unten zu bringen und die Wahrheit aus ihm herausquetschen, Tröpf-

chen für Tröpfchen. Er hält uns hier doch nur zum Narren. Wir sollten …«

»Meister Schick hat die Vampyre aufgesucht«, fiel ihm Kurda ins Wort. Obwohl er die Stimme kaum erhoben hatte, kam es allen so vor, als hätte er aus Leibeskräften gebrüllt. Pfeilspitze und die anderen Vampire verstummten sofort und warteten nervös und gespannt darauf, dass der Angeklagte weitersprach.

»Er kam vor drei Jahren zu ihnen«, fuhr Kurda in einem ruhigen Ton fort, der Schlimmes ahnen ließ. »Er erzählte ihnen, der Lord der Vampyre ginge durchs Land, und sie sollten nach ihm suchen. Als ich davon erfuhr, fasste ich den Entschluss, die Vampire wieder mit den Vampyren zu vereinen. Ich hoffte, die schrecklichen Konsequenzen von Meister Schicks Prophezeiung abwenden zu können, indem wir uns mit unseren Gegnern verbünden, bevor sie ihren sagenumwobenen Anführer finden.«

»Ich dachte, du glaubst nicht an das Märchen vom Lord der Vampyre«, warf Paris ein.

»Ich habe auch nicht daran geglaubt«, nickte Kurda. »Bis ich sah, wie ernst die Vampyre die Geschichte nahmen. Vorher hatten sie nie erwogen, einen Krieg gegen uns zu führen, doch nach Meister Schicks Besuch haben sie ihre Waffenlager eilig aufgefüllt und rekrutierten energisch immer mehr Kämpfer. Sie haben sich auf die Ankunft ihres legendären Anführers vorbereitet. Und jetzt ist er da.«

Diese Aussage traf die Anwesenden wie ein körperlicher Schlag. Die Vampire zuckten regelrecht zusammen, ihre Gesichter wurden aschfahl.

»Vor sechs Monaten ist der Lord der Vampyre gefunden worden«, sagte Kurda und senkte den Blick. »Er ist noch nicht angezapft, aber er hat schon seinen Platz zwischen ihnen eingenommen und ist dabei, sich an ihre Lebensweise zu gewöhnen. Mein Akt des Verrats war ein letzter, verzweifelter Versuch, das Schicksal abzuwenden. Hätte ich den Stein des Blutes in meine Gewalt gebracht, wäre es mir vielleicht gelungen, die Vampyre auf meine Seite zu ziehen, denn nicht alle unsere Blutsverwandten sind scharf darauf, einen Krieg mit uns anzuzetteln. Doch jetzt, da ich versagt habe, hat er freie Bahn. Sie werden ihn anzapfen, er wird die Herrschaft über die Vampyre übernehmen und sie gegen uns in den Kampf führen. Und er wird siegen.«

Mit gedämpfter Stimme murmelte Kurda ironisch: »Herzlichen Glückwunsch, meine Herren. Nach dem heutigen großartigen Sieg steht nichts mehr zwischen uns und einem Vernichtungskrieg. Ihr habt alles getan, damit Meister Schicks Prophezeiung in Erfüllung geht.«

Finster fuhr er fort: »Genießt euer Fest. Vielleicht ist es das letzte Mal, dass ihr ordentlich auf die

Pauke hauen und mit euren Heldentaten prahlen könnt. Seit heute Abend tickt die Uhr. Wenn sie stehen bleibt, ist unsere Zeit abgelaufen. Dann ist jeder Vampir in dieser Halle – jeder Vampir auf der ganzen Welt – dem Untergang geweiht.«
Mit einem bitteren Lächeln riss Kurda die Ketten um seine rechte Hand ab, legte die Finger auf Stirn und Augen und vollführte, zu den Fürsten gewandt, den Todesgruß. Dann sah er mich an und wiederholte die Geste. »Sei siegreich noch im Tod«, krächzte er sarkastisch, während Tränen der Wut und der Verzweiflung in seinen traurigen blauen Augen schimmerten.

KAPITEL 20

Die furchtbare Stille, die auf Kurdas Verkündung folgte, schien eine Ewigkeit zu dauern. Schließlich erhob sich Seba Nile mühsam, zeigte mit zitterndem Finger auf den Angeklagten und zischte: »Du lügst!«
Kurda schüttelte unbeugsam den Kopf. »Nein. Ich lüge nicht.«
»Hast du den Lord der Vampyre selbst gesehen?«, wollte Seba wissen.
»Nein«, antwortete der Gefragte. »Sonst hätte ich ihn auf der Stelle getötet.«
»Woher willst du dann wissen, dass er tatsächlich existiert?«
Kurdas Antwort bestand in einem Achselzucken.
»Antworte!«, polterte Paris.
»Die Vampyre besitzen einen besonderen, einzigartigen Sarg«, sagte Kurda. »Sie nennen ihn den Feuersarg. Meister Schick hat ihn den Vampyren vor vielen hundert Jahren überlassen, ungefähr zur gleichen Zeit, als er uns diese magische Kuppel schenkte, in der wir uns hier befinden. Seither wurde der Sarg von einer Gruppe Vampyre

bewacht, die sich die Bewahrer des Schicksals nennen.
Dieser Sarg unterscheidet sich in nichts von anderen Särgen – bis sich jemand hineinlegt und der Deckel geschlossen wird. Dann füllt sich das Ding mit einem schrecklichen, verzehrenden Feuer. Derjenige, der dazu auserkoren ist, die Vampyre anzuführen, wird ihm unversehrt entsteigen. Jeder andere verglüht zu Asche.
Im Lauf der Zeit haben sich viele Vampyre dem Feuersarg ausgesetzt und sind in ihm verbrannt. Doch vor sechs Monaten legte sich ein Mensch hinein und entstieg den Flammen ohne die kleinste Brandblase. Demnach ist er der Lord der Vampyre, und sobald sie ihn zu einem der Ihren gemacht haben, wird ihm jeder Einzelne des Clans gehorchen und folgen – wenn es sein muss, auch in den Tod.«
Die Fürsten starrten Kurda verunsichert, ja sogar ängstlich an, bis Paris flüsternd fragte: »Warst du dabei, als dieser Mensch auf die Probe gestellt wurde?«
»Nein«, antwortete Kurda. »Nur die Bewahrer des Schicksals waren dabei.«
»Dann könnte die ganze Geschichte lediglich ein Gerücht sein«, sagte Paris hoffnungsvoll. »Eine geschickt konstruierte Lüge.«
»Vampyre lügen nicht«, rief ihm Kurda in Erinnerung.

»Vielleicht haben sie sich geändert«, sinnierte Mika. »Der Stein des Blutes wäre schon ein paar Lügen wert. Gut möglich, dass sie dich hereingelegt haben, Kurda.«
Doch der Angeklagte schüttelte abermals den Kopf. »Viele Vampyre sind von der Ankunft ihres Lords ebenso beunruhigt wie wir. Sie sind nicht auf Krieg aus. Sie fürchten die Verluste, die ein solches Vorhaben mit sich bringt. Deshalb haben sich achtunddreißig von ihnen bereit erklärt, mich auf diese Mission zu begleiten. Sie hofften, dadurch einen umfassenden, alles vernichtenden Konflikt abwenden zu können und ihre Kameraden und Freunde zu retten.«
»Du redest die ganze Zeit darüber, dass du einen Krieg verhindern und uns retten wolltest«, warf Paris ein. »Ich verstehe nicht, wie du auf die Idee kommst, dass ein Verrat an unserer Sache dabei von Nutzen sein könnte.«
»Ich habe versucht, eine Vereinigung zu erzwingen«, erklärte Kurda. »Doch als ich hörte, dass der Lord der Vampyre gefunden war, wusste ich, dass es für faire Friedensverhandlungen zu spät war. Ich wog die wenigen mir verbliebenen Möglichkeiten gegeneinander ab und beschloss, einen Putsch zu wagen. Hätte ich es geschafft, wären sämtliche Vampire der Gnade der Vampyre ausgeliefert gewesen. Die Eindringlinge hätten sich in der Fürstenhalle mit ihren Artgenossen in

Verbindung setzen und ihnen über den Stein des Blutes den genauen Aufenthaltsort fast aller existierenden Vampire übermitteln können. Unser Volk hätte keine andere Wahl gehabt, als meinen Bedingungen zuzustimmen.«

»Und wie genau hätten deine Bedingungen gelautet?«, fragte Paris verächtlich.

»Dass wir uns mit den Vampyren zusammentun«, antwortete Kurda. »Ich hatte auf einen Zusammenschluss Gleichberechtigter gehofft, bei dem Vampire und Vampyre gleichermaßen Zugeständnisse machen. Den veränderten Umständen entsprechend wäre das möglich gewesen. Wir hätten die Sitten und Gebräuche der Vampyre übernehmen müssen. Aber das wäre immer noch besser gewesen als die völlige Vernichtung.«

»Nicht für mich«, knurrte Pfeilspitze. »Ich wäre lieber gestorben.«

»Mit dieser Meinung wärt Ihr sicher nicht allein gewesen«, nickte Kurda. »Doch ich bin überzeugt, dass die meisten von uns ihrem Verstand gefolgt wären. Und selbst wenn nicht, wenn ihr euch alle dafür entschieden hättet, bis zum letzten Atemzug zu kämpfen, so hätte ich es doch wenigstens versucht.«

»Was war für dich drin, Kurda?«, fragte Mika. »Haben dir die Vampyre einen Ehrentitel versprochen? Hätte es in dem neuen Regime auch Fürsten gegeben?«

»Die Vampyre haben mir gar nichts versprochen«, gab Kurda knapp zurück. »Die meisten möchten einen Krieg verhindern, deshalb hatten sich ein paar Dutzend Freiwillige entschlossen, ihr Leben aufs Spiel zu setzen und mir zu helfen – tapfere Männer, die ihr wie Ungeziefer getötet habt. Andere Beweggründe hatten wir nicht. Wir haben es für euer Wohl getan, nicht für unseres.«

»Wie überaus edel von dir, Kurda«, höhnte Mika.

»Edler, als Ihr Euch jemals vorstellen könnt!«, fuhr ihn der Angeklagte an, der plötzlich die Beherrschung verlor. »Besitzt Ihr denn gar keinen Funken Verstand? Begreift Ihr denn nicht, was für ein Opfer ich euch allen gebracht habe?«

»Ein Opfer?«, fragte Mika verdutzt.

»Ob ich nun gesiegt oder verloren hätte«, erwiderte Kurda, »mein Lohn wäre in jedem Fall der Tod gewesen. Die Vampyre verachten Verräter sogar noch mehr als wir. Hätte mein Plan Erfolg gehabt, wäre ich zunächst in der Fürstenhalle geblieben, um die Vereinigung der beiden Sippen zu überwachen. Sobald die Zukunft unseres Volkes gesichert gewesen wäre, hätte ich mich meiner Verurteilung gestellt und das gleiche Schicksal erlitten, das mich auch jetzt erwartet.«

»Du verlangst von uns, dass wir dir glauben, die Vampyre hätten den Mann hingerichtet, der ihnen ihre Erzfeinde ans Messer geliefert hat?« Mika musste lachen.

»Ihr werdet es schon noch glauben, denn es entspricht der Wahrheit«, konterte Kurda. »Weder Vampire noch Vampyre lassen Verräter am Leben. Dieses Gesetz ist tief in das Herz jedes einzelnen Mitglieds der beiden Clans eingebrannt. Die Vampyre, die mich begleitet haben, wären zu Helden geworden, denn abgesehen davon, dass sie Vampirboden betreten mussten, haben sie gegen keines ihrer Gesetze verstoßen – aber ich, der ich meine eigenen Leute verraten und verkauft habe?« Kurda schüttelte den Kopf. »Da ist für mich nichts zu holen gewesen, Mika, und wenn Ihr etwas anderes glaubt, seid Ihr dümmer, als ich dachte.«

Die Worte des Angeklagten verstörten die Vampire. Ich sah, wie sie sich umschauten, die Blicke der anderen suchten, bemerkte die angstvollen Fragen in ihren Augen und auf ihren Lippen.

»Vielleicht will er ja, dass wir ihn belohnen, statt ihn auf die Pfähle zu werfen«, kicherte jemand, aber außer dem Redner selbst lachte niemand.

»Ich erwarte keine Gnade und werde auch nicht darum betteln«, erwiderte Kurda. »Ich wünsche mir nur, dass ihr euch in den kommenden schweren Jahren an das erinnert, was ich zu tun versucht habe. Mir ging es ausschließlich um das Wohl des Clans. Und ich hoffe, dass ihr das eines Nachts erkennt und zu schätzen wisst.«

»Wenn alles, was du uns hier erzählt hast, wahr

ist«, meinte Paris Skyle, »warum bist du mit dieser Wahrheit nicht gleich zu uns gekommen? Hätten wir vom Erscheinen des Lords der Vampyre gewusst, hätten wir Schritte zu seiner Vernichtung unternehmen können.«
»Indem ihr die Vampyre mit Stumpf und Stiel ausgerottet hättet?«, fragte Kurda verbittert.
Paris nickte. »Falls das nötig gewesen wäre.«
»Genau das wollte ich ja verhindern«, seufzte der Angeklagte. »Mir war daran gelegen, Leben zu retten, nicht, es zu vernichten. Krieg ist keine Lösung für die Vampire – jedenfalls nicht, wenn sich Meister Schicks Prophezeiung bewahrheitet. Eine Vereinigung hingegen – bevor die Bedrohung überhaupt Gestalt annehmen kann – hätte unsere Rettung bedeuten können.
Natürlich bin ich nicht in der Lage, mit absoluter Sicherheit zu sagen, ob ich richtig gehandelt habe«, fuhr Kurda fort. »Denn nach allem, was ich jetzt weiß, lieferten meine Bemühungen leider nur mehr den Funken, der die Lunte zu Krieg und Vernichtung in Brand setzt. Aber ich musste es wenigstens versuchen. Ich war überzeugt davon, dass es in meiner Hand lag, in den Lauf des Schicksals einzugreifen. So oder so, jedenfalls konnte ich nicht tatenlos zusehen, wie sich mein Volk Meister Schicks schrecklicher Prophezeiung unterwirft.«
Kurda richtete den Blick auf mich. »Ich bedaure

so gut wie nichts«, sagte er. »Ich habe meine Chance genutzt, aber es hat nicht geklappt. So geht es nun mal im Leben. Nur dass ich Gavner Purl töten musste, macht mir schwer zu schaffen. Es lag nicht in meiner Absicht, Blut zu vergießen. Doch der Plan hatte Vorrang. Die Zukunft unseres Volkes wog mehr als das Leben eines Einzelnen. Im Notfall hätte ich ein ganzes Dutzend Gavners getötet – sogar hundert von ihnen, wenn ich dadurch das Leben der Übrigen hätte retten können.«

Damit beschloss Kurda seine Verteidigungsrede und weigerte sich, weitere Erklärungen abzugeben. Die Fürsten fragten ihn, ob er wisse, wo sich der Lord der Vampyre derzeit aufhalte oder was die Vampyre vorhätten, doch er schüttelte bloß stumm den Kopf.

Daraufhin stellten es die Fürsten den Anwesenden frei, den abtrünnigen Obervampir ihrerseits zu befragen, doch keiner der Vampire nutzte die Gelegenheit. Alle hielten den Blick gesenkt und starrten beschämt zu Boden. Keiner von ihnen mochte Kurda, und keiner von ihnen hieß gut, was er getan hatte, aber jetzt zollten sie ihm Respekt und bereuten, dass sie ihn früher so schäbig behandelt hatten.

Nach einer angemessenen Zeit des Schweigens nickte Paris den Wachen auf dem Podium zu, woraufhin sie den Verhörten wieder packten und so herumdrehten, dass er den Fürsten direkt gegenüberstand. Paris sammelte sich einen Augenblick, bevor er abermals das Wort ergriff: »Was du da gesagt hast, Kurda, beunruhigt mich zutiefst. Es wäre mir lieber, du wärst ein schändlicher Verräter, der aus Habgier oder anderen persönlichen Motiven gehandelt hat. In diesem Falle hätte ich dich mit reinem Gewissen und ohne zu zögern zum Tode verurteilen können.

Jetzt hingegen bin ich davon überzeugt, dass du in gutem Glauben gehandelt hast. Es könnte sogar so sein, wie du behauptest, nämlich dass wir, indem wir deine Pläne vereitelten, unsere Vernichtung durch die Vampyre selbst eingeleitet haben. Vielleicht wäre es besser gewesen, Darren wäre auf seiner Flucht nicht auf deine Verbündeten gestoßen, oder er wäre nicht mehr dazu gekommen, uns diese Nachricht zu überbringen.

So aber wurdet ihr entdeckt, euer Plan flog auf, und die meisten von euch haben ihr Vorhaben auf blutige Weise mit dem Leben bezahlt. Diese Vorfälle lassen sich nicht mehr rückgängig machen, selbst wenn wir das wollten. Die Zukunft mag schlimm für uns aussehen, aber wir werden uns ihr mutig stellen, zum Kampf bereit, wie echte Vampire, tapferen Herzens und unbeugsamen Willens, wie es unsere Art ist.

Ich empfinde durchaus Mitgefühl für dich, Kurda«, fuhr er fort. »Du hast gehandelt, wie es dir dein Gewissen vorschrieb, ohne Rücksicht auf deine eigene Person, und dafür musst du geradestehen. Du hast aber auch ohne Rücksicht auf unsere Gesetze und Sitten gehandelt, und dafür musst du zur Rechenschaft gezogen werden. Für das Verbrechen, das du begangen hast, gibt es nur eine angemessene Strafe – die Hinrichtung.«

Ein tiefes Seufzen wogte durch die Halle. »Wenn ich die Wahl hätte«, sprach Paris weiter, »würde ich dir das Recht zubilligen, aufrecht und ehrenvoll aus dem Leben zu scheiden, wie es einem Vampir geziemt. Du hast es nicht verdient, in Schimpf und Schande zu sterben, gefesselt und mit verbundenen Augen rücklings von Pfählen durchbohrt. Ich hätte dir eine Reihe harter Prüfungen auferlegt, eine nach der anderen, bis du irgendwann tapfer dein Leben ausgehaucht hättest. Und ich hätte einen Trinkspruch auf dich ausgebracht, wenn man deinen Leichnam im Ganzen eingeäschert hätte.

Als Fürst jedoch habe ich diese Wahl nicht. Was du auch für Beweggründe gehabt haben magst, du hast den Clan verraten, und diese unumstößliche Tatsache hat Vorrang vor meinen persönlichen Wünschen.« Paris erhob sich, zeigte mit ausgestrecktem Arm auf Kurda und sagte: »Ich bestimme, dass er in die Todeshalle gebracht und möglichst rasch hingerichtet wird. Anschließend soll er vor der Einäscherung zerstückelt

werden, damit seine Seele das Paradies niemals erreicht.«
Nach einer kurzen Pause erhob sich Mika Ver Leth und richtete den Zeigefinger auf die gleiche Weise auf Kurda wie Paris vor ihm. »Ich weiß nicht, ob es gerecht ist oder nicht«, seufzte er, »aber wir müssen unsere Gepflogenheiten befolgen, die uns leiten und stärken. Auch ich stimme für die Todeshalle und eine unehrenhafte Einäscherung.«
Pfeilspitze stand auf und streckte die Hand aus. »Die Todeshalle«, sagte er einfach.
»Möchte jemand zu Gunsten des Verräters das Wort ergreifen?«, fragte Paris in die Runde. Die Antwort war tiefes Schweigen. »Eventuelle Einwände könnten uns dazu bringen, unser Urteil noch einmal zu überdenken«, fügte er an. Immer noch meldete sich niemand zu Wort.
Ich betrachtete die bemitleidenswerte Gestalt vor mir und musste daran denken, wie Kurda mich unter seine Fittiche genommen hatte, als ich im Berg der Vampire ankam, wie er mich als Freund behandelt hatte, mit mir gescherzt und sein Wissen und seine jahrelange Erfahrung mit mir geteilt hatte. Ich erinnerte mich daran, wie er Arra Sails von den Planken gestoßen und ihr anschließend die Hand gereicht hatte, an seinen verletzten Gesichtsausdruck, als sie seine Hilfe verschmähte. Ich erinnerte mich daran, wie er mir das Leben

gerettet und sich meinetwegen in Gefahr gebracht hatte, wie er sogar den Erfolg seiner Mission aufs Spiel gesetzt hatte, nur um mir aus der Klemme zu helfen. Ohne Kurda Smahlt würde ich jetzt nicht hier sitzen, wäre ich längst nicht mehr am Leben. Ich wollte mich schon erheben, das Wort zu seinen Gunsten ergreifen und um eine weniger grauenhafte Bestrafung bitten. Doch dann blitzte Gavners Gesicht wieder vor mir auf, ebenso das von Arra, und ich dachte daran, was Kurda getan hätte, wenn Mr. Crepsley, Seba oder irgendjemand sonst sich ihm in den Weg gestellt hätte. Er hätte sie unweigerlich getötet. Es hätte ihm zwar kein Vergnügen bereitet, doch er hätte nicht eine Sekunde gezögert. Er hätte das getan, was er als notwendig erachtete, so wie jeder aufrichtige Vampir.

Deshalb blieb ich sitzen, schüttelte kläglich den Kopf und hielt meine Zunge im Zaum. Ich fühlte mich der ganzen Angelegenheit überhaupt nicht gewachsen, es war nicht an mir, eine Entscheidung zu fällen. Kurda hatte seinen Untergang selbst verschuldet und musste nun die Konsequenzen tragen. Ich kam mir erbärmlich vor, weil ich nicht für ihn eintrat, aber wenn ich es getan hätte, wäre ich mir ebenso erbärmlich vorgekommen.

Als klar war, dass niemand etwas gegen den Richterspruch der Fürsten einzuwenden hatte, gab

Paris den Wachen auf dem Podium ein Zeichen, woraufhin sie Kurda umringten und ihm sämtliche Kleider vom Leib rissen. Der Obervampir sagte nichts, während sie ihn seiner Kleider und seines Stolzes beraubten, sondern richtete den Blick starr zur Hallendecke empor.

Sobald Kurda nackt vor ihm stand, legte Paris die Finger fest zusammen, tauchte sie in eine Schüssel Schlangenblut, die hinter seinem Thron versteckt gestanden hatte, und fuhr mit der Hand über die Brust des Verurteilten. Mika und Pfeilspitze taten es ihm gleich, was drei hässliche rote Streifen hinterließ – das Vampirzeichen für einen Verräter oder ein anderes unehrenhaftes Mitglied der Gemeinschaft.

Kaum war Kurda gezeichnet, führten ihn die Wachen auch schon hinaus. Niemand sprach, kein Laut war zu vernehmen. Der Gefangene hielt den Kopf gesenkt, aber als er an mir vorbeikam, sah ich, dass ihm Tränen über die Wangen liefen. Er war von allen verlassen, und er hatte Angst. Ich hätte ihn am liebsten getröstet, doch dafür war es jetzt zu spät. Es war besser, ihn ohne weitere Verzögerungen gehen zu lassen.

Als er diesmal an den versammelten Vampiren vorübergeführt wurde, verhöhnte ihn niemand, und keiner versuchte, ihm etwas anzutun. Es gab eine kurze Unterbrechung, als er die offene Tür erreichte und sich einen Weg durch die Menge dahinter bahnen musste; dann wurde er aus der Halle und in den Gang zur Todeshalle eskortiert, wo er in einen Käfig gesteckt, mit verbundenen Augen hoch über die Grube mit den Pfählen gezogen und auf brutale und schmerzhafte Weise hingerichtet werden würde. Das war das Ende des Verräters Kurda Smahlt … meines Freundes.

KAPITEL 21

Ich sah nicht zu, wie Kurda hingerichtet wurde. Auch die Prozesse der anderen Vampyre ersparte ich mir. Stattdessen kehrte ich in meine Kammer zurück, wo ich den Einbruch der nächsten Nacht abwartete, bis es Zeit für die Bestattungen von Arra Sails, Gavner Purl und den anderen war, die bei der Verteidigung des Berges gefallen waren. Gavners Leichnam war nach der Schlacht aus dem Tunnel geborgen worden. Kurda hatte seine Wachen darüber informiert, wo er sich befand, und auf Grund seiner Angaben fand ihn ein Suchtrupp schon bald in einer tiefen Felsspalte ganz unten im Berg.

Blitz und sein Gefährte hatten sich unmittelbar nach der Schlacht ohne viel Aufhebens davongemacht, ihren toten Mitstreiter zurückgelassen und sich wieder ihrem Rudel angeschlossen. Ich hatte nicht einmal Gelegenheit, mich von ihnen zu verabschieden oder bei ihnen zu bedanken.

Ich fragte mich, ob ich wohl jemals wieder mit dem Rudel laufen würde. Es erschien mir sehr unwahrscheinlich, selbst wenn die Fürsten mein

Leben verschonen sollten. Da das Konzil ohnehin so gut wie beendet war, kehrten auch die Wölfe wieder in ihre angestammten Jagdgründe zurück. Wahrscheinlich hatte ich Blitz, Rudi und die anderen zum letzten Mal gesehen.

Die Zeit zwischen den Verhandlungen und den Bestattungen widmete ich meinem Tagebuch. Seit wir im Berg der Vampire eingetroffen waren, hatte ich es nicht mehr angerührt. Ich las noch einmal alles durch, was ich davor geschrieben hatte, und schilderte dann, was geschehen war, seit ich den Cirque Du Freak verlassen und mich mit Mr. Crepsley auf den Weg zum Berg gemacht hatte. Bald war ich so in meine Eintragungen vertieft, dass die Zeit wie im Flug verging. Normalerweise machte ich mir nicht sehr viel aus dem Schreiben, denn es erinnerte mich zu sehr an die Hausaufgaben damals in der Schule, aber sobald ich einmal angefangen hatte, purzelten die Worte nur so aus mir heraus, ohne dass ich mich groß anstrengen musste. Mein Stift ruhte nur dann, wenn ich mir rasch etwas zu essen holte oder mich ein oder zwei Stündchen aufs Ohr legte.

Eigentlich hoffte ich, das Schreiben würde mir dabei helfen, meine Gedanken zu sortieren, insbesondere was Kurda betraf, doch am Ende war ich auch nicht schlauer als zuvor. Wie ich es auch drehte und wendete, ich kam immer wieder zu dem Schluss, dass Kurda sowohl ein Held als auch ein Schurke war. Es wäre alles viel einfacher gewesen, wenn er entweder das eine oder das andere gewesen wäre, aber ich konnte ihn in keine Schublade stecken. Die ganze Angelegenheit war viel komplizierter.

Kurda hatte die Vernichtung der Vampire verhindern wollen. Deshalb hatte er seine eigenen Brüder verraten. Aber war er deshalb böse? Oder wäre es schlimmer gewesen, wenn er sich ehrenhaft verhalten und zugelassen hätte, dass sein Volk ausgelöscht wurde? Musste man stets treu zu seinen Freunden halten, egal welche Folgen das hatte? Das zu beurteilen war mir unmöglich. Einerseits hasste ich den Obervampir und war davon überzeugt, dass er den Tod verdient hatte; andererseits erinnerte ich mich an seine guten Absichten und sein freundliches Wesen und wünschte mir, es hätte eine andere Möglichkeit gegeben, ihn angemessen zu bestrafen.

Bevor ich mit meinen Eintragungen fertig war, kam Mr. Crepsley, um mich und Harkat abzuholen. Ich hatte fast alles niedergeschrieben, was ich festhalten wollte. Trotzdem fehlte noch ein bisschen, deshalb steckte ich meinen Stift zwischen zwei Seiten, um die Stelle zu markieren, legte das Buch beiseite und begleitete den bekümmerten Vampir in die Einäscherungshalle, um mich von unseren lieben verstorbenen Freunden und Sippenmitgliedern zu verabschieden.

Gavner Purl wurde als Erster eingeäschert, da er als Erster gefallen war. Man hatte ihm ein einfaches weißes Gewand angezogen und ihn auf einer schmalen Trage in die Einäscherungsgrube hinuntergelassen. Wie er so dalag, sah er sehr friedlich aus, mit den geschlossenen Augen, dem sorgfältig gekämmten, kurzen braunen Haar und den von den Hütern des Blutes, die seinen Leichnam zurechtgemacht hatten, zu einem Lächeln modellierten Lippen. Obwohl ich wusste, dass die Hüter seinem Körper das gesamte Blut entzogen und fast alle seine inneren Organe und das Gehirn entfernt hatten, war von ihrem makabren Werk äußerlich nichts zu erkennen.

Ich setzte an, um Mr. Crepsley Gavners letzte Worte mitzuteilen, doch kaum hatte ich angefangen, da brach ich auch schon in Tränen aus. Mein Meister nahm mich in den Arm und tätschelte mir beruhigend den Rücken, während ich an seiner Brust hemmungslos schluchzte. »Möchtest du lieber gehen?«, fragte er leise.

»Nein«, stöhnte ich. »Ich will hier bleiben. Es ist … einfach nur … so schwer, wissen Sie?«

»Ja, ich weiß«, sagte mein Lehrmeister, und als ich Tränen in seinen Augen sah, wusste ich, dass er es auch so meinte.

Eine große Trauergemeinde hatte sich eingefunden, um sich von Gavner zu verabschieden. Normalerweise nahmen an Bestattungen nur die engsten Freunde und Gefährten teil. Auch darin unterscheiden sich die Vampire von den Menschen: Sie halten nicht viel davon, in großer Anzahl aufzulaufen und ihr Beileid zu bekunden. Doch Gavner war sehr beliebt gewesen, und er war gestorben, um anderen das Leben zu retten, deshalb war die Höhle brechend voll. Sogar Paris Skyle und Pfeilspitze waren anwesend. Auch Mika wäre gekommen, doch er musste zum Schutz der Fürstenhalle zurückbleiben.

Vampir-Priester oder so etwas in der Art gab es nicht. Obwohl Vampire ihre eigenen Götter haben, existiert keinerlei organisierte Religion. Als ältester anwesender Vampir führte Paris durch die kurze, schlichte Zeremonie. »Sein Name war Gavner Purl«, intonierte er, und alle wiederholten die Worte des Fürsten. »Er starb ehrenvoll.« Wieder sprachen wir seine Worte nach. »Möge seine Seele ins Paradies eingehen«, schloss er, und sobald wir seinen Wunsch wiederholt hatten, zündeten zwei Hüter die Zweige und Blätter unter Gavners Leichnam an. Danach vollführten sie rituelle Gesten über dem Toten und zogen sich zurück.

Innerhalb kürzester Zeit hatten die Flammen den Obervampir verzehrt. Die Hüter verstanden ihr Geschäft und hatten alles so arrangiert, dass das Feuer rasch aufloderte und kurzen Prozess mit Gavner machte. Ich hatte noch nie an einer Einäscherung teilgenommen. Zu meiner Überraschung fand ich den Vorgang nicht halb so eklig wie erwartet. Es lag etwas eigenartig Tröstliches darin, den Flammen zuzusehen, wie sie Gavner einhüllten, wie der Rauch aufstieg und in den Ritzen und Spalten der Decke verschwand, fast so, als enteilte Gavners Seele mit ihm.

Ich war froh, mitgekommen zu sein, obwohl ich auch erleichtert war, dass man uns aufforderte, die Halle zu verlassen, als es an der Zeit war, Gavners Knochen aus der Asche zu klauben und in den Gefäßen, die rings um die Grube standen, zu Staub zu zermahlen. Ich glaube, ich hätte es nicht ertragen, den Hütern auch noch bei dieser Verrichtung zuzusehen.

Bevor Arra Sails an die Reihe kam, wurden noch drei andere Vampire verbrannt. Während Mr. Crepsley, Harkat und ich draußen warteten, stießen Seba Nile und Vanez Blane zu uns. Der hinkende Quartiermeister führte den blinden Wettkampfaufseher. Das merkwürdige Gespann grüßte uns und blieb stehen, um ein paar Worte mit uns zu wechseln. Sie entschuldigten sich dafür, nicht an Gavners Einäscherung teilgenommen zu haben, da Vanez in Behandlung gewesen war und erst wegkonnte, nachdem der Verband über seinem schlimmen Auge gewechselt worden war.

»Und – was macht das Auge?«, erkundigte sich Mr. Crepsley.

»Es ist hinüber«, antwortete Vanez fast heiter, als wäre das keine große Sache. »Jetzt bin ich blind wie eine Fledermaus.«
»Ich dachte, wo du es behandeln lässt …«
»Die Behandlung soll nur verhindern, dass sich die Wunde entzündet und auch noch das Gehirn angreift«, erklärte Vanez.
»Sie kommen mir nicht sehr niedergeschlagen vor«, sprach ich ihn an, musterte den dicken Verband über seiner rechten Gesichtshälfte und dachte daran, wie schrecklich es sein musste, das Augenlicht zu verlieren.
Vanez zuckte die Achseln. »Ich hätte das Auge lieber behalten, aber andererseits geht davon die Welt nicht unter. Ich kann immer noch hören, riechen und meinen Weg ertasten. Es dauert gewiss eine Weile, bis ich mich daran gewöhnt habe, aber ich habe mich auch daran gewöhnt, als ich mein erstes Auge eingebüßt habe, und ich bin sicher, dass ich auch ohne das zweite irgendwie zurechtkomme.«
»Hast du vor, den Berg der Vampire demnächst zu verlassen?«, fragte Mr. Crepsley diplomatisch.
»Nein«, antwortete Vanez. »Zu jedem anderen Zeitpunkt wäre ich in die Welt hinausgezogen und meinem ehrenhaften Schicksal entgegengestolpert, wie es sich für einen blinden Vampir gehört. Leider ist durch den Lord der Vampyre alles anders geworden. Paris hat mich gebeten zu

bleiben. Ich kann mich hier nützlich machen, und wenn ich nur in den Lagerräumen oder in den Küchen aushelfe. In diesen schweren Zeiten wird jeder Einzelne gebraucht. Meine Anwesenheit erlaubt es einigen jüngeren, gesünderen Vampiren, ihre Energie anderen Bereichen zuzuwenden und den Krieg gegen die Vampyre vorzubereiten.«
»Ich bleibe ebenfalls hier«, teilte uns Seba mit. »Mein Ruhestand ist aufgeschoben worden. Die Welt und ihre Abenteuer müssen wohl noch eine Weile auf mich warten. Auch die Alten und Versehrten sind jetzt gefragt. Privatinteressen nachzugehen ist jetzt nicht angebracht.«
Dieser Satz versetzte mir einen Schlag. Zu Beginn meines Aufenthalts im Vampirberg hatte Kurda ähnliche Gedanken geäußert. Seiner Meinung nach war es falsch, dass verkrüppelte oder alte Vampire von ihren Gefährten verstoßen wurden. Es war eine grauenhafte Ironie des Schicksals, dass ausgerechnet sein Verrat und sein Tod dazu geführt hatten, dass sich andere Vampire seine Art zu denken zu Eigen machten.
»Soll das heißen, dass du dein Angebot zurückziehst?«, erkundigte sich Mr. Crepsley. Seba hatte ihn nämlich gefragt, ob er sein Nachfolger werden und den Posten des Quartiermeisters übernehmen wolle.
»So ungefähr«, erwiderte Seba. »Aber ich zweifle nicht daran, dass die Fürsten anderweitig Ver-

wendung für dich finden.« Ein flüchtiges Lächeln huschte über sein Gesicht. »Vielleicht als Putzkraft?«
»Gut möglich.« Auch Mr. Crepsley brachte ein flüchtiges Lächeln zu Stande. »Mika hat mich bereits gefragt, ob ich nicht hier bleiben und mein Amt als Obervampir wieder antreten möchte, aber ich habe ihm geantwortet, dass ich momentan an so etwas nicht denken kann. Ich entscheide später darüber, sobald ich es mir in aller Ruhe noch einmal durch den Kopf habe gehen lassen.«
»Was geschieht mit Darren?«, fragte Vanez. »Haben die Fürsten schon über sein Schicksal entschieden?«
Mein Lehrmeister schüttelte den Kopf. »Mika hat mir versprochen, die Verhandlung zu eröffnen, sobald die Bestattungszeremonien vorüber sind. Ich bin aber sicher, dass er begnadigt wird.«
»Das will ich hoffen«, erwiderte Vanez, klang jedoch nicht restlos überzeugt. »Du weißt, dass bisher noch nie eine Todesstrafe aufgehoben wurde? Um Darrens Leben zu retten, müssten die Fürsten die Gesetze abändern.«
»Dann müssen sie sie eben abändern!«, knurrte Mr. Crepsley bissig und trat wütend einen Schritt vor.
»Immer mit der Ruhe, Larten«, mischte sich Seba ein. »Vanez meint es nur gut. Es ist nun mal ein ungewöhnlicher Fall, der reifliche Überlegung

erfordert, bevor eine endgültige Entscheidung gefällt werden kann – so oder so.«

»Es gibt kein ›so oder so‹«, beharrte mein Meister. »Ich habe Arra versprochen, nicht zuzulassen, dass Darren hingerichtet wird. Sie sagte, er habe sich das Recht erworben weiterzuleben, und jeder, der ihren letzten Wunsch in Frage stellt, kriegt es mit mir zu tun. Wir haben schon genug Tote zu beklagen. Ich dulde keinen weiteren.«

»Hoffentlich nicht«, seufzte Seba zustimmend. »Ich denke, dass die Fürsten deiner Meinung sind. Auch wenn sie das Gesetz ungern beugen – in diesem Fall werden sie es wohl tun.«

»Das will ich ihnen auch geraten haben«, brummte Mr. Crepsley und hätte vielleicht noch mehr gesagt, doch in diesem Augenblick wurde Arra auf einer Trage an uns vorbei in die Einäscherungshalle gebracht. Mr. Crepsley versteifte sich und blickte ihr sehnsüchtig nach. Ich legte einen Arm um ihn, und Seba tat das Gleiche.

»Jetzt heißt es tapfer sein, Larten«, sagte Seba. »Arra hätte keine unkontrollierten Gefühlsausbrüche gebilligt.«

»Ich werde mich so verhalten, wie es die Schicklichkeit erfordert«, erwiderte Mr. Crepsley schwülstig und fügte leiser hinzu: »Aber ich vermisse sie so sehr. Ich vermisse sie von ganzem Herzen und aus ganzer Seele.«

Sobald Arras Leichnam an seinem Platz war,

öffneten sich die Türen, und wir traten ein. Zuerst mein Lehrmeister, dann folgten Seba, Vanez, Harkat und ich, um Arra die letzte Ehre zu erweisen. Mr. Crepsley war so gefasst, wie er versprochen hatte. Nicht einmal als der Scheiterhaufen angezündet wurde, vergoss er eine Träne. Erst später, als er allein in seiner Kammer war, weinte er so laut, dass seine Klagerufe bis spät in die kalte, einsame Morgendämmerung durch die Gänge und Tunnel des Vampirberges hallten.

KAPITEL 22

Die lange Wartezeit zwischen den Einäscherungen und meinem Prozess war grässlich. Obwohl Mr. Crepsley immer wieder beteuerte, man werde mir mein Versagen bei den Einweihungsprüfungen und mein Davonlaufen bestimmt nachsehen und mich begnadigen, war ich mir längst nicht so sicher. Die Beschäftigung mit meinem Tagebuch lenkte mich etwas von der bevorstehenden Verhandlung ab, doch nachdem ich es auf den neuesten Stand gebracht und überprüft hatte, dass ich auch nichts ausgelassen hatte, konnte ich nur noch herumsitzen und Däumchen drehen.

Endlich kamen zwei Wachen und richteten mir aus, die Fürsten seien bereit, mich zu empfangen. Ich erbat mir ein paar Minuten, um mich zu sammeln. Die beiden warteten vor der Tür, während ich mit Harkat sprach: »Hier«, sagte ich und händigte ihm einen Rucksack aus, der einmal Sam Grest, einem Freund von mir, gehört hatte und in dem ich jetzt mein Tagebuch und andere persönliche Dinge aufbewahrte. »Falls man beschließt, mich hinzurichten, sollen diese Sachen dir gehören.«

Harkat nickte feierlich und folgte mir, als ich aus der Schlafkammer trat und mich von den Wachen zur Fürstenhalle bringen ließ. Mr. Crepsley, der von einem dritten Uniformierten benachrichtigt worden war, schloss sich uns an.

Vor der Pforte zur Halle hielt unser kleiner Trupp inne. Mein Magen grummelte vor Angst, und ich zitterte am ganzen Leib. »Reiß dich zusammen«, flüsterte Mr. Crepsley. »Die Fürsten werden dich fair behandeln. Falls nicht, komme ich dir zu Hilfe.«

»Ich auch«, versicherte Harkat. »Ich lasse nicht ... zu, dass sie ... dir etwas Verrücktes ... antun.«

»Vielen Dank.« Ich musste grinsen. »Aber ich möchte nicht, dass ihr beide euch da einmischt. Es ist auch so schon schlimm genug. Es hat keinen Sinn, dass wir am Ende alle drei in der Todeshalle landen!«

Die Türen gingen auf, und wir traten ein.

Die Vampire machten einen feierlichen Eindruck, und ihre ernsten Blicke trugen nicht dazu bei, meine Beklemmung aufzuheben. Niemand sagte etwas, als wir zum Podium marschierten, wo die Fürsten mit strengen Mienen und verschränkten Armen auf uns warteten. Die Luft kam mir plötzlich sehr dünn vor, und ich rang heftig nach Atem.

Mr. Crepsley und Harkat setzten sich direkt vor dem Podium neben Seba Nile und Vanez Blane. Ich wurde die Stufen hinauf bis vor die Vampirfürsten geführt.

Nach kurzem Schweigen ergriff Paris Skyle das Wort. »Wir leben in einer merkwürdigen Zeit«, seufzte er. »Seit Jahrhunderten haben wir Vampire uns nach den alten Gesetzen und Traditionen gerichtet und mit einer gewissen Belustigung zugesehen, wie sich die Menschen verändert und weiterentwickelt und dabei immer mehr aufgesplittert haben. Im Gegensatz zu den Menschen, die ihre Ziele und Absichten aus den Augen verloren haben, sind wir niemals von unseren ursprünglichen Überzeugungen abgewichen – jedenfalls bis vor kurzem.

Es ist bezeichnend für unsere Zeit, dass ein Vampir, ungeachtet seiner guten Absichten, die Hand gegen seine Brüder erhebt. Verrat ist der Menschheit nicht neu, doch wir Vampire haben zum ersten Mal davon gekostet, und der Geschmack brennt uns bitter auf der Zunge. Es wäre ein Leichtes, den Verrätern gegenüber ein Auge zuzudrücken und sie damit aus unserem Bewusstsein zu streichen. Das jedoch würde bedeuten, die Wurzel des Problems zu ignorieren und weiteren Schandtaten Tür und Tor zu öffnen. In Wahrheit hat der Wandel der Zeiten letztendlich sogar bei uns seine Spuren hinterlassen, und auch

wir müssen uns wandeln, wenn wir überdauern wollen.
Obgleich wir nicht vorhaben, völlig auf unsere Sitten und Gebräuche zu verzichten, so müssen wir uns der Zukunft dennoch stellen und die erforderlichen Anpassungen vornehmen. Wir haben in einer Welt der Absolutheiten gelebt, doch das ist nicht mehr zeitgemäß. Wir müssen unsere Augen, Ohren und Herzen neuen Wegen des Denkens und Lebens öffnen.
Deshalb sind wir heute Nacht hier zusammengekommen. Normalerweise wäre es überflüssig gewesen, eine Versammlung einzuberufen, um über Darren Shans Schicksal zu befinden. Er hat die Einweihungsprüfungen nicht bestanden, und darauf steht der Tod. Er wäre gepfählt worden, und niemand hätte sich für ihn verwendet.
Doch die Zeiten haben sich geändert, und Darren hat eine wichtige Rolle dabei gespielt, uns die Augen für die Notwendigkeit einer solchen Veränderung zu öffnen. Er hat große Schmerzen gelitten und dem Wohlergehen des Clans seine Freiheit geopfert. Er hat mutig gekämpft und seinen Wert unter Beweis gestellt. Früher wäre er dafür mit einem ehrenvollen Tod belohnt worden. Doch nun sind Stimmen laut geworden, die sich für sein Recht zu leben einsetzen.«
Paris räusperte sich und nippte an einem Glas Blut. Die Luft in der Halle vibrierte vor Span-

nung. Ich konnte die Gesichter der Vampire hinter mir nicht sehen, aber ich spürte, wie sich ihre Blicke in meinen Rücken bohrten.

»Wir haben lang und breit über diesen Fall beraten«, fuhr Paris fort. »In der Menschenwelt wäre man wohl recht schnell und unkompliziert zu einer Lösung gekommen, und Darren wäre öffentlich und offiziell begnadigt worden. Wir jedoch sehen die Gerechtigkeit mit anderen Augen. Deinen guten Ruf wiederherzustellen und dich freizusprechen würde bedeuten, dass wir die gesamte Struktur unserer Gesetze verändern müssten. Einige von uns waren der Meinung, es sei an der Zeit, die Gesetze nachzubessern. Sie haben sich auf überzeugende Weise zu deinen Gunsten eingesetzt. Sie argumentierten, Gesetze seien dazu da, um gebrochen zu werden – eine Ansicht, der ich mich ganz und gar nicht anschließen kann, die ich aber allmählich zu verstehen beginne. Andere wollten die Gesetze hinsichtlich der Einweihungsprüfungen zeitweilig außer Kraft setzen. In diesem Falle wärst du entlastet worden, und die Gesetze wären anschließend wieder in Kraft getreten. Wieder andere verlangten dauerhafte, grundlegende Veränderungen. Ihrer Meinung nach sind die Gesetze unfair und – wenn man an die akute Bedrohung denkt, die nun vom Lord der Vampyre ausgeht – sinnlos, denn sie taugen eher dazu, die Rekrutierung neuer Anhänger zu verhindern und unsere Kampfkraft zu schwächen.«

Paris zögerte und fuhr sich durch den langen grauen Bart. »Nach langen, mitunter sehr heftigen Auseinandersetzungen, entschieden wir uns dagegen, die Gesetze zu ändern. Es mag einmal eine Zeit kommen, die uns dazu zwingt, aber ...«

»Bei Charnas Eingeweiden!«, brauste Mr. Crepsley lautstark auf, und ehe ich mich's versah, war er auf das Podium gesprungen und stellte sich mit erhobenen Fäusten vor mich. Nur wenig später stand Harkat neben ihm, und die beiden funkelten die Fürsten zornig an. »Das lasse ich nicht zu!«, rief mein Lehrmeister. »Darren hat sein Leben für Euch aufs Spiel gesetzt, und Ihr wollt ihn dafür zum Tode verurteilen? Niemals! So eine blutrünstige Undankbarkeit werde ich nicht zulassen. Jeder, der Hand an meinen Gehilfen legen will, muss zuerst Hand an mich legen, und ich schwöre bei allem, was mir heilig ist, dass ich Darren bis zu meinem letzten verzweifelten Atemzug verteidigen werde!«

»Das Gleiche ... gilt für ... mich«, knurrte Harkat und riss sich die Maske vom Mund. Sein vernarbtes graues Gesicht sah noch Furcht einflößender aus als sonst.

»Ich hätte mehr Selbstdisziplin von dir erwartet, Larten«, winkte Paris ab. Er schien nicht im Mindesten beeindruckt. »So kenne ich dich gar nicht.«

»Ungewöhnliche Zeiten verlangen ungewöhnliche Maßnahmen«, konterte Mr. Crepsley. »Die Tradition hat ihre Zeit, und der handfeste Verstand auch. Ich erlaube nicht, dass Ihr …«

»Larten!«, rief Seba aus den Reihen der Zuschauer. Beim Klang der Stimme seines Mentors drehte sich Mr. Crepsley ein Stück zur Seite. »Lass Paris doch erst mal ausreden«, schlug Seba vor.

»Bist du etwa auch ihrer Meinung?«, schrie Mr. Crepsley fassungslos.

»Wenn du es genau wissen willst«, erwiderte Seba, »ich habe mich jedenfalls für eine Gesetzesänderung ausgesprochen. Aber nachdem die Eingabe abgewiesen war, habe ich mich gefügt, wie es jeder gesetzestreue Vampir tun würde.«

»Zur Hölle mit Treue und Ergebenheit!«, bellte mein Verteidiger. »Wenn das der Preis dafür ist, dann hatte Kurda vielleicht doch Recht. Vielleicht wäre es das Beste gewesen, diesen Berg den Vampyren zu überlassen.«

»Das meinst du nicht im Ernst«, lächelte Seba. »Komm runter, setz dich wieder hin und lass Paris ausreden. Du machst dich bloß lächerlich.«

»Aber …«, fing Mr. Crepsley wieder an.

»Larten!«, blaffte Seba ungehalten. »Runter mit dir!«

Mein Meister ließ den Kopf hängen. »Na gut«, seufzte er. »Ich beuge mich deinem Willen und höre mir an, was Paris zu sagen hat. Aber ich weiche nicht von Darrens Seite, und jeder, der versucht, mich von diesem Podium zu holen, wird es bitter bereuen.«

»Ist schon gut, Seba«, sagte Paris, als der Quartiermeister etwas erwidern wollte. »Larten und der Kleine Kerl dürfen oben bleiben.« Nachdem das geklärt war, fuhr Paris mit seinen Ausführungen fort. »Wie bereits erwähnt, haben wir uns darauf geeinigt, unsere Gesetze nicht abzuändern. Es mag dereinst eine Zeit kommen, da wir dazu gezwungen sind, doch momentan möchten wir dem nicht unnötig vorgreifen. Veränderungen sollten sich stufenweise vollziehen. Es gilt, Aufruhr und Chaos zu vermeiden.

Nachdem wir uns für die Beibehaltung der Gesetze entschieden hatten, suchten wir nach einem Schlupfloch für Darren. Niemand in dieser Halle wünscht seinen Tod. Selbst diejenigen, die am hartnäckigsten an der Tradition festhalten, zerbrachen sich die Köpfe darüber, in der Hoffnung, einen befriedigenden Ausweg zu finden.

Wir zogen die Möglichkeit in Betracht, Darren ein zweites Mal ›entkommen‹ zu lassen, seine Bewachung zu lockern und ihm damit Gelegenheit zu geben, mit unserer unausgesprochenen Duldung zu entwischen. Doch eine derartige Strategie wäre feige und würdelos. Darren hätte fortan in Schande leben müssen, und auch für uns, die wir

diesem Kompromiss zugestimmt hätten, wäre es eine Beleidigung gewesen.
Deshalb haben wir uns schließlich doch dagegen entschieden.«
Mr. Crepsley fuhr hoch, wandte sich dann jedoch in scharfem Flüsterton an die Fürsten: »Arra hat mir auf ihrem Totenbett das Versprechen abgenommen, dass ich Darren nicht sterben lasse. Ich bitte Euch – zwingt mich nicht, zwischen diesem Schwur und meiner Ergebenheit Euch gegenüber zu wählen.«
»Dazu besteht überhaupt kein Anlass«, erwiderte Paris lächelnd. »Unsere Interessen sind gar nicht so verschieden, wie sich herausstellen wird, sobald du endlich den Mund hältst und mich zu Ende reden lässt.« Mit wieder erhobener Stimme wandte er sich an die Versammelten: »Wie diejenigen, die an der Debatte teilgenommen haben, wissen, war Pfeilspitze der Erste, der sich für einen ehrenhaften Ausweg aus dieser Zwickmühle eingesetzt hat.«
»Ich kann selbst nicht erklären, wie ich darauf gekommen bin«, grunzte Pfeilspitze, schnitt eine Grimasse und fuhr sich mit der Hand über den kahlen Kopf. »Ich war noch nie als großer Denker bekannt. Normalerweise handle ich erst und denke hinterher nach, wenn überhaupt, aber bei dieser Diskussion flitzte ein Gedanke wie ein Fisch im Ozean meines Verstandes herum. Zunächst in

trüber Tiefe, aber dann, ganz plötzlich, kam er an die Oberfläche.«

»Die Lösung«, sagte Paris, »ist verblüffend einfach. Um Darren zu helfen, müssen wir die Gesetze weder beugen noch verändern. Wir müssen ihn lediglich über sie stellen.«

»Das verstehe ich nicht«, knurrte Mr. Crepsley mit gerunzelter Stirn.

»Denk doch mal nach, Larten«, forderte ihn Paris auf. »Wer unter uns ist über jede Strafe erhaben? Wer darf ein Dutzend Mal bei den Prüfungen versagen und kommt trotzdem ungeschoren davon?«

»Ihr meint doch nicht etwa ...« Mr. Crepsleys Augen weiteten sich ungläubig.

»O doch«, grinste Paris.

»Aber ... das ist unmöglich! Dazu ist er noch viel zu jung! Er ist kein Obervampir! Er ist nicht mal ein vollwertiger Vampir!«

»Na und?«, fiel ihm Mika Ver Leth grinsend ins Wort. »Das Kleingedruckte interessiert uns nicht. Er hat sich diesen Titel redlich verdient. Vielleicht mehr als jeder andere der hier Anwesenden hat er sich seiner als würdig erwiesen.«

»Das ist Wahnsinn«, sagte Mr. Crepsley, doch dann breitete sich ein Grinsen auf seinem Gesicht aus.

»Gut möglich«, pflichtete ihm Paris bei. »Aber wir haben darüber abgestimmt, und alle waren dafür.«

»Alle?« Mein Lehrmeister blinzelte.
»Ausnahmslos jeder Vampir in der Halle«, nickte Mika.
»Entschuldigen Sie«, flüsterte ich Mr. Crepsley zu, »aber was geht hier vor? Worüber reden Sie da eigentlich?«
»Sei still«, beschied er mich. »Ich erklär's dir gleich.« Er dachte über den Vorschlag der Fürsten nach, wie auch immer dieser lauten mochte, und sein Grinsen wurde noch breiter. »Es ist irgendwie schlüssig, so verrückt es auch klingt«, murmelte er. »Aber der Titel ist doch wohl nur ehrenhalber? Er weiß so wenig über unsere Sitten und Gebräuche, und er ist noch so jung und unerfahren.«
»Wir erwarten nicht, dass er die regulären Pflichten übernimmt«, sagte Paris. »Er muss noch viel lernen, und wir möchten seine Entwicklung nicht überstürzen. Wir machen ihn nicht einmal zum vollwertigen Vampir. Natürlich müssen wir unser Blut mit seinem mischen, aber wir begrenzen die Menge so, dass er weiterhin ein Halbvampir bleibt. Die Ordination selbst ist jedoch voll gültig. Er dient uns nicht nur als Aushängeschild. Er wird mit allen Rechten und Pflichten in sein Amt eingesetzt.«
»Hören Sie bitte«, brummte ich ärgerlich, »sagen Sie mir endlich, was hier los ist, sonst ...« Mr. Crepsley beugte sich zu mir herunter und flüster-

te mir etwas ins Ohr. »Was?«, fuhr ich auf, und er flüsterte weiter. »Das kann doch nicht Ihr Ernst sein!«, keuchte ich und spürte, wie mir das Blut ins Gesicht schoss. »Sie wollen mich wohl auf den Arm nehmen!«

»Nur so können wir uns ehrenhaft aus der Affäre ziehen«, erwiderte er.

»Aber … ich kann doch nicht … ich bin kein … niemals wäre ich in der Lage …« Ich schüttelte den Kopf und ließ den Blick über die voll besetzten Sitzreihen wandern. Alle Vampire lächelten und nickten mir wohlwollend zu. Seba sah besonders zufrieden aus. »Und die haben alle zugestimmt?«, fragte ich mit schwacher Stimme.

»Ohne Ausnahme«, antwortete Paris. »Sie respektieren dich, Darren. Sie bewundern dich sogar. Was du für uns getan hast, wird niemals vergessen werden, solange Vampire auf dieser Erde wandeln. Wir möchten dir unsere Anerkennung zollen, und eine andere Lösung ist uns nicht eingefallen.«

»Ich bin … sprachlos«, murmelte ich. »Ich weiß nicht, was ich sagen soll.«

»Sag einfach Ja«, lachte Pfeilspitze, »sonst bringen wir dich in die Todeshalle und bohren dir ein paar Löcher in den Rücken!«

Blinzelnd schaute ich zu Mr. Crepsley hoch, dann lächelte ich. »Wenn ich da mitmache, müssten Sie mir auch gehorchen, oder?«, fragte ich.

»Selbstverständlich«, grinste er. »So wie alle anderen auch.«
»Sie müssten alles tun, was ich sage?«
»Allerdings.« Er senkte die Stimme. »Aber glaub bloß nicht, dass ich mich von dir herumschubsen lasse. Ich werde deinen Rang respektieren, aber ich werde nicht zulassen, dass du übermütig wirst. Du bleibst nach wie vor mein Gehilfe, und ich werde dich jederzeit in deine Schranken verweisen!«
»Das glaube ich Ihnen gern«, kicherte ich. Dann wandte ich mich Paris zu und richtete mich hoch auf. Ich stand vor einer monumentalen Entscheidung, die mein ganzes Leben dramatisch und unwiderruflich verändern würde. Ich hätte zwar lieber erst ein paar Nächte darüber nachgedacht und versucht, mir über die Konsequenzen klar zu werden, doch dazu war keine Zeit. Entweder ich nahm an ... oder mir winkte die Todeshalle. Alles war besser, als auf diese ekelhaft spitzen Pfähle aufgespießt zu werden! »Was muss ich tun?«, fragte ich.
»Es gibt eine langwierige, komplizierte Zeremonie«, erwiderte Paris, »aber die können wir auf später verschieben. Hier und jetzt musst du lediglich unser Blut akzeptieren und dem Stein des Blutes ein bisschen von deinem opfern. Sobald dich der Stein anerkannt hat, ist die Handlung vollbracht und kann nicht mehr rückgängig gemacht werden.«

»In Ordnung«, sagte ich nervös.
»Dann tritt vor«, forderte mich Paris auf, »und lass uns den Pakt besiegeln.«
Während ich auf ihn zuschritt, hörte ich, wie Mr. Crepsley Harkat erklärte, was nun vor sich ging.
»Unmöglich!«, stieß der Kleine Kerl hervor. Ich selbst konnte die ganze Zeremonie über ein Grinsen nicht unterdrücken, obwohl alle anderen in der Halle ernste Mienen zur Schau trugen.
Zuerst musste ich das Hemd ausziehen. Dann stellte ich mich mit Pfeilspitze und Mika um den Stein des Blutes auf (für die Zeremonie waren nur zwei Fürsten erforderlich). Mit Hilfe meiner scharfen Nägel schnitt ich mir in die fleischigen Kuppen meiner zehn Finger, bis das Blut hervorquoll. Pfeilspitze und Mika taten das Gleiche. Sobald wir alle so weit waren, presste Pfeilspitze seine blutigen Fingerspitzen einer Hand auf meine, und Mika tat das Gleiche auf der anderen Seite. Die freien Hände legten beide auf den Stein des Blutes, der daraufhin rot aufglühte und ein tiefes Brummen von sich gab.
Ich spürte, wie das Blut der Fürsten auf mich überging und wie meines in sie hineinfloss. Es war ein unangenehmes Gefühl, aber es tat nicht so weh wie damals vor vielen Jahren, als Mr. Crepsley mich angezapft hatte.
Je länger wir mit dem Stein des Blutes verbunden blieben, desto heller leuchtete er, bis seine äußere

Hülle durchsichtig wurde und wir in ihn hineinschauen und dabei zusehen konnten, wie mein Blut sich mit dem Blut unzähliger anderer Geschöpfe der Nacht vermengte.

Wirre Gedankenfetzen schossen mir durch den Kopf. Ich erinnerte mich an die Nacht, in der mich Mr. Crepsley angezapft hatte; an meine erste richtige Blutmahlzeit, als Sam Grest sterbend in meinen Armen gelegen hatte; an den Vampyr, den ich in der Höhle getötet hatte; an Murlough, den wahnsinnigen Vampyr; an Steve Leopard, meinen besten Freund, als ich noch ein Mensch war – Steve, der geschworen hatte, mich aufzuspüren und zu töten, sobald er erwachsen war; ich dachte an Debbie Schierling und daran, wie weich ihre Lippen gewesen waren, als wir uns küssten; an Gavners dröhnendes Lachen; an Meister Riesig, wie er seine Artisten im Cirque Du Freak ankündigte; an Harkat, wie er mir nach dem Kampf mit dem tollwütigen Bären seinen Namen verriet. Ich dachte an Truska, die Bärtige Dame, wie sie mir das Piratenkostüm schenkte, und an Arra, wie sie mir zublinzelte. Ich dachte an Meister Schick mit seiner herzförmigen Uhr und den kalten, lieblosen Augen; an Kurda im Angesicht der Todeshalle. Ich dachte an meine Schwester Annie und daran, wie sie mich immer geärgert hatte, wie ich mit Mama Briefmarken in Alben eingeordnet und wie ich draußen im Garten mit Papa Unkraut gejätet hatte. Ich dachte daran, wie Gavner, Arra und Sam Grest gestorben waren …

Mir wurde schwarz vor Augen, doch sofort stand Paris hinter mir und stützte mich. Das Blut floss nun sehr schnell, genau wie die Bilder: Gesichter aus der Vergangenheit, Freunde und Widersacher, die erst so eilig vorüberhuschten wie Einzelbilder auf einem Filmstreifen und dann immer schneller wurden. Gerade als ich dachte, ich könnte es nicht länger aushalten, nahmen Pfeilspitze und Mika ihre Hände vom Stein des Blutes und unterbrachen den Kontakt mit mir. Damit war die Zeremonie beendet. Ich taumelte rückwärts, und Paris rieb mir schnell ein wenig Speichel auf die Fingerkuppen, um die Blutungen zu stoppen. »Wie fühlst du dich?«, fragte er und sah mir forschend in die Augen.

»Furchtbar schwach«, murmelte ich.

»Das vergeht in ein paar Stunden«, tröstete er mich. »Sobald die Wirkung des Blutes einsetzt, fühlst du dich wie ein junger Panther!«

Der aufbrandende Jubel drang an meine Ohren, und erst jetzt bemerkte ich, dass sämtliche in der Halle versammelten Vampire aus Leibeskräften brüllten. »Was schreien die da?«, erkundigte ich mich.

»Sie wollen, dass du zu ihnen kommst«, antwortete Paris lächelnd. »Sie wollen dir ihre Zustimmung bekunden.«

»Kann das nicht warten?«, ächzte ich. »Ich bin schrecklich erschöpft.«

»Wir tragen dich«, meinte Paris. »Es geziemt sich nicht, seine Untertanen warten zu lassen, Euer Gnaden.«

»Euer Gnaden«, wiederholte ich und musste bei dem ungewohnten Klang dieser Anrede grinsen.

Die drei Fürsten hoben mich hoch und hievten mich der Länge nach auf ihre Schultern. Ich lachte und blickte, noch immer von dieser bizarren Wendung des Schicksals wie betäubt, an die Decke, während sie sich in Bewegung setzten. Ich fragte mich, was die Zukunft wohl noch alles bringen und ob sich irgendwann einmal noch etwas Vergleichbares ereignen würde.

Als die drei mich absetzten, damit ich die Huldigung der Vampire auf eigenen Füßen entgegennehmen konnte, schaute ich mich um und blickte in die strahlenden Gesichter von Mr. Crepsley, Harkat, Seba Nile, Vanez Blane und vielen anderen. Ganz weit im Hintergrund glaubte ich die geisterhaften Gestalten von Gavner und Arra zu erspähen, und direkt hinter ihnen Kurda, der geräuschlos applaudierte. Aber das muss wohl an meiner durch die Beimengung des Fürstenblutes hervorgerufenen Benommenheit gelegen haben.

Dann verschwammen die Gesichter, und ich starrte in ein Meer gellend schreiender Vampire. Auf wackligen Beinen stand ich vor ihnen, die

Augenlider fielen mir zu, ich wankte unter den Erschütterungen ihres donnernden Gebrülls, stolz wie ein Pfau, hörte sie wie durch Watte meinen Namen rufen, hörte, wie sie mir ein ums andere Mal zujubelten – mir … Darren Shan … dem Vampirfürsten!

FORTSETZUNG FOLGT …

Und so geht's weiter im siebten Buch
des mysteriösen

Darren
SHAN

Als die Abenddämmerung hereinbrach, wussten wir, dass wir uns einem Kampf stellen mussten. Wir wurden verfolgt, und zwar nicht nur von einer Person, sondern von dreien oder vieren. Sie hatten unsere Fährte ein paar Kilometer hinter der Stadt aufgenommen und waren uns seither auf den Fersen.

Die Fremden bewegten sich mit bewundernswerter Lautlosigkeit, und wären wir nicht ohnehin auf derlei Zwischenfälle gefasst gewesen, hätten wir wohl überhaupt nicht bemerkt, dass etwas nicht stimmte. Hat ein Vampir jedoch erst einmal Gefahr gewittert, kann sich selbst der leichtfüßigste Mensch nicht mehr unbemerkt an ihn heranpirschen.

»Wie sieht unser Plan aus?«, erkundigte sich Harkat, als wir unser Lager mitten in einem Wäldchen aufschlugen, dessen dicht ineinander verwobene Äste und Blätter uns Schutz vor dem Sonnenlicht gewährten.

»Sie warten mit ihrem Angriff garantiert, bis es richtig Tag ist«, sagte Mr. Crepsley mit gesenktem Blick und gedämpfter Stimme. »Wir tun so, als hätten wir nichts bemerkt, und stellen uns schlafend. Wenn sie herankommen, schnappen wir sie uns.«

»Halten Sie die Sonne denn aus?‹, fragte ich. Obwohl wir einigermaßen geschützt waren, konnten wir im Kampfgetümmel aus dem Schatten gelockt werden.

»Für die kurze Zeit, die wir brauchen, um uns diese lästigen Verfolger vom Leib zu schaffen, tut mir das Licht nichts«, erwiderte Mr. Crepsley.

Also bereiteten wir uns aus Moos und Blättern ein Lager auf dem Boden, wickelten uns in unsere Umhänge und legten uns hin.

»Vielleicht sind sie ... bloß neugierig«, murmelte Harkat. »Wär ja möglich ... dass sie einfach nur ... wissen wollen, wie ... ein echter Vampir aussieht.«

»Dazu gehen sie zu umsichtig und zielstrebig vor«, widersprach ihm Mr. Crepsley. »Die meinen es ernst.«

»Mir fällt gerade ein«, zischte ich, »dass der Kerl im Laden *Gewehre* gekauft hat!«

»Die meisten Vampirjäger sind ordentlich bewaffnet«, grunzte Mr. Crepsley. »Die Nächte, als die Schwachköpfe mit Hammer und Holzpfahl anrückten, sind leider längst vorbei.«

Danach erstarb unsere Unterhaltung. Wir lagen ganz still mit geschlossenen Augen da (außer Harkat natürlich, der seine lidlosen Augen mit einem

Tuch bedeckte), atmeten gleichmäßig und taten so, als schliefen wir.

Die Sekunden dehnten sich, ballten sich unendlich langsam zu Minuten, und es dauerte ewig, bis daraus wiederum Stunden wurden. Seit meinem letzten ernsthaften Gefecht waren sechs Jahre vergangen. Meine Glieder fühlten sich unnatürlich steif an, und in meinem Magen ringelten sich eiskalte Schlangen. Unter den Falten meines Umhangs krümmte und streckte ich unaufhörlich die Finger, die sich nie weit von meinem Schwertknauf entfernten und jederzeit bereit waren zuzupacken.

Kurz nach Mittag waren die Jäger heran. Sie waren zu dritt und näherten sich von Norden, Südwesten und Südosten.

Zuerst hörte ich lediglich das Laub rascheln, hin und wieder knackte ein Zweig. Doch als sie näher kamen, vernahm ich ihren schweren Atem, das Ächzen der Knochen unter den angespannten Muskeln und das rasche, aufgeregte Pochen ihrer Herzen.

Zehn oder zwölf Meter von uns entfernt blieben sie stehen, versteckten sich hinter Bäumen und machten sich zum Angriff bereit. Eine lange, nervenaufreibende Pause ... dann das Geräusch eines Gewehrhahns, der gespannt wurde.

»*Jetzt!*«, brüllte Mr. Crepsley, sprang mit einem

Satz auf und warf sich auf den Menschen, der ihm am nächsten stand.

Während sich mein Meister mit unglaublicher Geschwindigkeit auf seinen Angreifer stürzte, attackierten Harkat und ich die beiden anderen. Derjenige, den ich ins Visier genommen hatte, trat fluchend hinter seinem Baum hervor, riss seine Flinte hoch und drückte ab. Eine Kugel zischte knapp an mir vorbei und verfehlte mich um wenige Zentimeter. Bevor der Kerl ein zweites Mal schießen konnte, war ich über ihm.

Ich wand ihm die Waffe aus der Hand und schleuderte sie weg. Hinter mir knallte ein Schuss, doch er wurde fast senkrecht in die Luft abgefeuert, weshalb ich annahm, dass Harkat bereits mit seinem Gegner rang. Mir blieb jedoch keine Zeit, mich nach meinem Freund umzusehen, denn der Mann vor mir hatte inzwischen ein langes Jagdmesser gezogen. Also riss auch ich mein Schwert heraus.

Als der Mann das Schwert erblickte, weiteten sich seine Augen vor Schreck. Er hatte sie mit roten Kreisen umrandet, die wie Blut aussahen. Dann kniff er sie wieder zusammen: »Du bist ja noch ein Kind«, knurrte er verächtlich und stieß mit dem Messer nach mir.

»Nein«, widersprach ich ihm, wich seiner Klinge aus und hieb meinerseits mit dem Schwert nach ihm. »Ich bin viel mehr.«

Als der Kerl noch einmal ansetzte, brachte ich mein Schwert in einem eleganten Bogen nach oben und durchschnitt Haut, Muskeln und Knochen seiner rechten Hand, dann trennte ich ihm drei seiner Finger ab und entwaffnete ihn damit.

Der Mann schrie vor Schmerzen laut auf und ließ von mir ab. Ich nutzte die Gelegenheit, um mich nach Mr. Crepsley und Harkat umzudrehen. Der Vampir hatte sich seines menschlichen Angreifers bereits entledigt und ging gerade mit langen Schritten auf Harkat zu, der noch immer mit seinem Gegner beschäftigt war. Der Kleine Kerl schien die Oberhand zu gewinnen, doch Mr. Crepsley stand für alle Fälle bereit, um einzuspringen, falls sich das Blatt doch noch zu Harkats Ungunsten wendete.

Zufrieden, dass alles wie geplant verlief, wandte ich mich wieder dem vor mir auf dem Boden liegenden Mann zu. Schon bereitete ich mich innerlich auf die unangenehme Aufgabe vor, ihm den Garaus zu machen. Doch zu meinem großen Erstaunen sah ich, dass er mich hämisch angrinste.

»Du hättest mir die andere auch noch abschlagen sollen!«, knurrte er.

Mein Blick wanderte zu seiner linken Hand. Der Atem stockte mir, als ich sah, dass er eine Handgranate an die Brust presste!

»Keinen Schritt weiter!«, rief er, als ich mich auf ihn stürzen wollte, und drückte den Zünder mit dem Daumen halb herunter. »Wenn die hier losgeht, fliegen wir alle beide in die Luft!«